DE: MIM
PARA: MIM

A tempestade vai passar

NACARID PORTAL
CHRISS BRAUND

TRADUÇÃO LUCIANA DIAS

DE: MIM
PARA: MIM

A tempestade vai passar

COPYRIGHT © FARO EDITORIAL, 2025
COPYRIGHT © NACARID PORTAL, 2023
COPYRIGHT © CHRISS BRAUND, 2023
TÍTULO ORIGINAL: DE MÍ PARA MÍ, LA TORMENTA PASARÁ
PUBLISHED BY ARRANGEMENT WITH COAGENCY

Todos os direitos reservados.
Nenhuma parte deste livro pode ser reproduzida sob quaisquer meios existentes sem autorização por escrito do editor.

Diretor editorial **PEDRO ALMEIDA**
Coordenação editorial **RENATA ALVES**
Assistente editorial **LETÍCIA CANEVER**
Tradução **LUCIANA DIAS**
Preparação **ANDRESSA VIDAL**
Revisão **CARLA SACRATO**
Imagens de miolo e capa **CHRISS BRAUND**
Adaptação de capa e diagramação **VANESSA S. MARINE**

Dados Internacionais de Catalogação na Publicação (CIP)
Jéssica de Oliveira Molinari CRB-8/9852

Portal, Nacarid
 De: mim para: mim : a tempestade vai passar / Nacarid Portal ; ilustrações de Chriss Braund. — São Paulo : Faro Editorial, 2025.
 288 p. : il.

ISBN 978-65-5957-811-5

Título original: De: Mí Para: Mí – La tormenta pasará
1. Ficção venezuelana I. Título II. Braund, Chriss

25-0992   CDD V863

Índices para catálogo sistemático:
1. Ficção venezuelana

1ª edição brasileira: 2025
Direitos de edição em língua portuguesa, para o Brasil, adquiridos por FARO EDITORIAL
Avenida Andrômeda, 885 - Sala 310
Alphaville — Barueri — SP — Brasil
CEP: 06473-000
www.faroeditorial.com.br

Este livro é...

Para os que se perderam e não sabem como voltar para casa.

Para os que deixaram de acreditar no amor.

Para os que já quiseram desistir,
mas que continuam a se levantar todas as manhãs.

Para você que duvidou; que perdeu a confiança; que quando acorda,
acha todos os dias iguais; que apenas existe, seguindo em uma
sucessão de segundos que parecem perdidos..., mas que não estão.

Para você, que acredita que nada vai melhorar

Eu também senti tristeza pelo pouco que havia conseguido. Também
quis me dar por vencido e o fiz muitas vezes, mas é disso que se trata
essa jornada. Nela, vamos aprender a falar com nós mesmos e, nessas
palavras, encontraremos os motivos para nos transformarmos em
uma versão melhor.

Você não chegou a este livro,

este livro chegou a você,

e para tudo existe uma razão,

agora você só precisa encontrá-la.

Querido viajante,

Se está lendo isto, é porque encontrou a caixa e decidiu sair da sua zona de conforto para viver essa jornada, que está só começando. Significa que encontrou o nó e se atreveu a desatá-lo. Que enfrentou o problema e seus medos em vez de continuar fugindo. Este é o primeiro envelope com as cartas e os mapas que irão levar você a lugares diferentes e sensacionais. Siga as instruções e lembre-se: viajar não é apenas se deslocar a um lugar. As melhores viagens são as que fazemos para dentro de nós mesmos.

Ao longo do seu caminho, você terá que desapegar para poder receber. Terá que perdoar para voltar a amar. Terá que se entender para ser capaz de entender os outros.

E agora que você seguirá rumo ao seu primeiro destino, quero contar a história do leão que tinha medo. Aquele que se perdeu enquanto viajava pela savana africana. Aquele que ficou mais de vinte dias perdido, faminto, mas principalmente com sede, e teve que enfrentar seus medos. Ele precisava de um milagre para sobreviver e encontrou um lago. Sedento, foi correndo beber, mas, quando estava a ponto de mergulhar a cabeça na água, encontrou outro leão protegendo o território, que rugiu não uma, mas muitas vezes. Eles se enfrentaram com rugidos, mas o leão exausto, em vez de lutar, mesmo morto de fome e de sede, fugiu.

No dia seguinte, retornou ao lago, mas acabou fugindo ao se encontrar com o oponente. Então entendeu que devia enfrentar o leão, ou não sobreviveria. O calor era insuportável e ele precisava se hidratar para continuar de pé. Sua vida dependia disso.

Ele se levantou sabendo que, se não bebesse água, aquele seria seu último dia. Avançou direto para o lago e sentiu pânico quando ficou frente a frente com o outro leão, mas mesmo com medo, decidiu seguir em frente.

Mergulhou a cabeça no lago esperando um ataque, mas, naquele instante, percebeu que o leão que tanto o assustava já não estava mais lá. Havia desaparecido.

O leão confundiu seu reflexo com um rival temível, porque às vezes o maior oponente que temos somos nós mesmos.

Esta é a minha primeira carta da viagem e estou contando essa história porque a maioria dos medos está em nossa mente. Muitas vezes, ao enfrentar aquilo que parece tão assustador, damo-nos conta de que não era para tanto. Reconcilie-se com você mesmo e não seja seu próprio inimigo, mas, sim, seu aliado para alcançar cada meta e superar cada dor.

Dê adeus aos pensamentos destrutivos e viva o processo de se encontrar, até que esteja pronto para voltar para casa.

P.S.: Assim como o leão, sei que um dia você entenderá que você pode ser seu impulso, e não seu obstáculo.

DESTINO 1
A CIDADE DO ADEUS

Você já teve a sensação de que nada faz sentido? Você acorda, toma café da manhã, cumpre sua rotina, dorme, e assim os dias seguem, enquanto o mundo avança, mas você está estagnado. É assim que eu me sinto. Por isso, aluguei uma kombi e vou percorrer vários destinos seguindo as pistas que existem dentro de uma caixa cheia de envelopes e surpresas. Sim, parece estranho e um pouco absurdo, mas decidi assumir o risco. Não faço a menor ideia de onde vou parar, mas algo me diz que, quando eu voltar, não serei o mesmo.

Meu nome é Nick, e não sei o que vai acontecer agora, mas estou partindo para fazer as pazes comigo mesmo, e, principalmente... estou partindo porque preciso sentir que, de alguma maneira, ela me acompanha.

Para: A princesa Emma
De: Seu irmão Nick

Eu vou em busca de um tesouro, mas não será para sempre. Preciso de um tempo para ficar sozinho, porque quero ser um irmão mais velho melhor para você, e é por isso que estou fazendo essa viagem. Não estou te abandonando, pelo contrário, nós dois estaremos sempre juntos. Prometo que, quando eu retornar, nós voltaremos a ir ao parque todas as sextas-feiras, e eu vou te levar às aulas de balé.

Obedeça à mamãe e faça todas as suas tarefas.

P.S.: Essa boneca é para você abraçar quando sentir saudades de mim. É um presente com todo o meu amor.

Nick Zeta.

O MOTIVO DA MINHA VIAGEM
Dia 1

Desde que minha avó morreu, sinto como se uma parte de mim também tivesse ido embora. Nem sei quanto eu negligenciei de mim mesmo, mas agora eu sou só a sombra de alguém desconhecido, de quem não me orgulho. A única coisa que ainda me motiva é minha irmãzinha, Emma. Ela é a pessoa capaz de me fazer sorrir, mesmo quando estou destruído por dentro. Por ela, quero ser melhor, e também por ela, decidi fazer essa viagem.

Você já sentiu como se tivesse perdido tudo? Como se todas as coisas ruins acontecessem com você? Comigo aconteceu tudo de uma vez. Perdi minha avó, minha namorada e um amigo ao mesmo tempo.

Danna podia não ser perfeita, mas quem é? Nós estávamos juntos havia dois anos, até que, um belo dia, ela se cansou de mim e, em vez de me falar, resolveu dormir com quem eu considerava meu amigo. Quando eu a conheci, eu tinha vinte anos. Estávamos em um evento da universidade. Eu estava tirando fotos e a fotografei. Ela era a mais bonita de todas. Dançava como se o mundo fosse acabar e eu não consegui tirar os olhos dela. Não tirei apenas uma foto, mas várias, até que ela se aproximou de mim: *O melhor jogador de futebol dedica seu tempo a capturar*

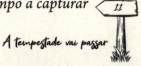

momentos em vez de desfrutar da sua fama?, foram suas primeiras palavras, e fiquei encantado com seu sorriso atrevido e seus olhos desafiadores. Não respondi, e foi Danna quem tomou a iniciativa. Ela me pegou pela mão e fomos correndo para a sala abandonada no sexto andar.

Agora quero que fotografe isso, foi o que ela disse quando entramos, e logo depois de trancar a porta, levantou a camisa me deixando ver seus seios. *Eu ia gostar mais se fosse uma fotografia mental, uma que fosse acompanhada do tato*, ela voltou a falar, e eu me esqueci da câmera e me concentrei em seu corpo.

Fizemos sexo sem termos um primeiro encontro, e seguimos fazendo a partir desse dia, até que nos tornamos namorados. Porém, quando estamos apaixonados, não vemos os detalhes nem os alertas, ou talvez vejamos e preferimos ignorá-los, focando apenas nos pontos positivos.

Sei que você ainda não me conhece, mas está conhecendo uma parte de mim através dessas palavras, através das pequenas lembranças dos momentos que me trouxeram até aqui. Há algumas semanas, fiz vinte e dois anos, e foi o pior aniversário da minha vida. Ainda me lembro dos meus pais e da minha irmã cantando parabéns em frente ao bolo, sem parar de me perguntar onde estavam meus amigos e minha namorada. Saí de casa fingindo que tinha uma festa surpresa, mas na verdade caminhei sem rumo. Meu melhor amigo, Leo, queria comemorar e me propôs fazer uma festa, mas o que eu comemoraria exatamente? Minha vida é um completo desastre, é por isso que preciso juntar as peças. Quero me encontrar; porém, assim como no dia no meu aniversário, sempre que tento ir em busca de mim mesmo, acabo procurando por ela, e não falo de Danna, mas, sim, da minha avó. Ela morreu há pouco tempo e ainda me pego pensando que vou acordar e tudo isso não terá passado de um grande pesadelo.

DE MIM, PARA MIM

Estou indo para o oitavo semestre do curso de audiovisual, gosto de fotografia, cinema e futebol. Consegui uma bolsa esportiva e sou o capitão do time. Comecei a jogar com cinco anos e, quando estou em campo, meus pensamentos me dão uma trégua, mas quando saio dali, volto à realidade: minha namorada me traiu com quem eu pensava que era meu amigo, e minha avó faleceu um dia depois de eu descobrir a traição.

Tudo aconteceu ao mesmo tempo, e apesar de Leo, meu melhor amigo, e todo o time me apoiarem, foi inevitável não querer Danna ao meu lado, desejar um abraço dela ou uma simples mensagem dizendo: *Sinto muito*. Mas ela nem sequer foi ao velório.

As semanas seguintes foram tão complicadas que, justamente por isso, decidi pegar o dinheiro das fotos que vendi para algumas revistas e fazer essa viagem. Agora, tento acalmar meus pensamentos para me livrar de tanto ódio, porque, embora eu tenha tentado me controlar, acabei espancando o Iván depois de um jogo, e quase fui preso por isso. Não tenho orgulho de ter partido a cara dele. Também não me orgulho do fato de que precisaram de cinco caras para me segurar e impedir que eu o matasse. Eu não sou assim. Mas a traição e o cinismo dele conseguiram trazer à tona minha pior versão.

Bem-vindo à minha história.

Estou na merda. E talvez, quando parecer que estou te motivando, só estou querendo acreditar nas minhas próprias palavras.

Vou esvaziar minha alma, não com o que já sei, mas com o que gostaria de ser capaz de dizer a mim mesmo. Você vai ler sem uma ordem definida, vai ler quem eu sou, mas, acima de tudo: quem eu não sou, mas quero me tornar.

NickZeta.

De: Mim
Para: Mim

Tudo chega no momento certo. Não tenha medo do que você está vivendo, nem das tristezas nem das mudanças, porque tudo acontece por um motivo, mesmo que você não saiba qual é. Lembre-se de que você é suficiente, que o que é seu nem a tempestade mais forte vai conseguir levar embora.

Apesar do medo

Admito que tenho medo de tentar. Que, às vezes, vejo o objetivo tão distante que acho que não vou conseguir alcançá-lo. E já perdi a conta de quantas vezes foi difícil sair da cama, repetindo para mim mesmo, uma e outra vez, tudo o que poderia dar errado. Agora entendo que o medo sempre vai estar ali, e que eu devo seguir em frente apesar dele.

Não sei o que vai acontecer amanhã, mas hoje estou seguindo em frente sem que o medo de fracassar me paralise.

APESAR DO MEDO, COMEÇO A ACREDITAR QUE DEPOIS DESSE MOMENTO RUIM, VEM A MELHOR PARTE DA MINHA VIDA.

VOU REPETIR ISSO PARA MIM VÁRIAS VEZES ATÉ EU ACREDITAR.

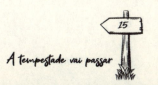

Dizer adeus a você...

Foi a coisa mais difícil que já fiz,
porque há amores que chegam
bagunçando tudo pelo caminho,
e depois se vão,
deixando-nos sozinhos
no meio ao caos.

Embora você não tenha me ensinado
a viver sem você,
eu não me arrependo
de ter te amado como amei.

Dizem que talvez fosse afeição,
que talvez não fosse amor,
mas eu te amei como a ninguém,
apesar de o final
ter terminado com um adeus.

Leia isto quando se sentir cansado

*Mesmo que você sinta que
o topo da escada está muito distante,
cada degrau conta.*

*Pare de se preocupar com as distâncias;
não é uma competição.
Em vez de pensar em tudo
que não alcançou,
olhe para trás e tenha orgulho
do que já conquistou até agora.*

*Você está indo bem,
agora só precisa acreditar nisso.*

Uma viagem a lugar nenhum

É o meu terceiro dia de viagem e decidi subir uma montanha íngreme até um vilarejo localizado em um deserto. A frustração me queima com cada raio de sol, e eu fito o céu tentando conseguir respostas. O que há depois da morte? É o que eu estou me perguntando, e preciso parar. Minhas pernas não conseguem mais andar, e me questiono de verdade se sou capaz de continuar.

— Quando a morte chega, não há nada que possamos fazer, além de sermos fortes — escuto uma voz, mas não há ninguém. Estou exausto, começo a duvidar da minha sanidade e, mais uma vez, volto a escutar: — O que fica depois da morte é o entendimento. O mesmo acontece quando uma relação termina — diz a voz, e, por mais que eu procure, não vejo ninguém.

— Entender o quê? — pergunto para o ar, confuso.

— Entender que nada te pertence, que tudo mudou, que é o curso da vida e que não existe uma explicação para isso — ouço a resposta, e as lágrimas escorrem pelo meu rosto. — Quando você perde um ente querido, vai se formando um vazio dentro de você que não pode ser preenchido com nada, mas a questão não é enchê-lo, e sim aprender a viver dessa forma. Todos nós cumprimos um ciclo, porém a magia existe, e aqueles que amamos nunca vão embora por completo, apesar de não conseguirmos vê-los.

— Quem é você? — pergunto ao ar.

— Isso não importa. O importante é que o passarinho finalmente saiu do ninho. Você abriu as asas e em breve vai batê-las sem parar. Não tenha medo. Seus pés saíram do chão, mas o seu coração continua na terra, porque está preso a um passado que já não existe mais. É hora de se soltar, de esvaziar a bagagem e ir em frente... ir em frente mesmo quando você acha que não vai mais conseguir. A viagem está apenas começando.

Certa vez, alguém disse:

"Existe um tipo de tristeza que não te faz chorar. Ela é como uma dor que te esvazia por dentro e te deixa pensando em tudo e em nada ao mesmo tempo. Como se você já não fosse você, como se tivessem roubado uma parte da sua alma."

A tempestade vai passar

NÃO CONFIE EM EXCESSO.

É MELHOR SE

SURPREENDER

DO QUE SE DECEPCIONAR.

De: Mim
Para: Mim

LEIA ISTO QUANDO ESTIVER SOFRENDO PELA DESPEDIDA

É PREFERÍVEL ESTAR SOZINHO
A SEGUIR PERMITINDO
QUE TE FAÇAM MAL.
É PREFERÍVEL UMA CAMA VAZIA
A ESVAZIAR SUA ALMA COM ALGUÉM
QUE NÃO SOUBE TE VALORIZAR.

É PREFERÍVEL QUE VOCÊ ASSUMA
A DOR DA SUA AUSÊNCIA
A AUSENTAR-SE DE SI MESMO,
DO SEU AMOR E DO CARINHO
DOS QUAIS VOCÊ ABRE MÃO
QUANDO CONTINUA
COM UMA PESSOA
QUE NÃO TE RESPEITA.

Em vez de te esquecer

Em vez de te esquecer, quero acolher nossas lembranças sem que machuquem, e transformá-las em aprendizado. Ainda não consigo. Ainda dói, mas, em vez de esquecer, vou buscar uma forma de te perdoar e seguir em frente. O que aconteceu era necessário.

Na sua vida, eu fui aquela faísca que nunca conseguiu virar fogo. Você viu eu me apagar e foi acender outra, e agora quero me transformar em fogo, sem depender de você, sem apegos, e é por isso que te digo adeus.

Viajando ao passado
Nick Zeta.

Era a final de futebol e eu me lembro como se fosse ontem. Você estava lá, torcendo por mim, e eu concentrado, nervoso, cheio de dúvidas — não pela partida, mas pelo que aconteceria depois. Pedi ajuda a Iván e ele me respondeu: *Não conte comigo para essas frescuras*. Agora entendo o verdadeiro motivo pelo qual ele não quis me ajudar.

Foi meu amigo Leo quem, depois da partida, quando ganhamos com dois gols meus, fez o que eu pedi e reuniu todo o time. Todos juntos seguramos o banner com a primeira fotografia que tirei de você dançando na festa da universidade. Eu tinha mandado imprimir a foto em tamanho gigante, e eles me ajudaram a estender o banner no campo de futebol. Era a sua foto e lá estava eu, sem medo, me guiando pelo amor, sentindo-me sortudo por você ter me escolhido. Perguntei diante de todo mundo se você queria ser minha namorada. Ver você correndo até mim e me dizendo SIM, emocionada, foi um dos momentos mais lindos da minha vida.

Você sempre me disse que queria um pedido em GRANDE estilo, e eu suspirei aliviado, porque tinha conseguido fazer isso. Eu tinha feito você feliz.

Não sei quando aconteceu, não sei quando você deixou de me amar e seus olhos pararam de me procurar. Não sei quando minhas mãos não foram suficientes e minha companhia começou a não bastar até você precisar recorrer a outro. Não sei por que eu não fui o bastante para você, mas hoje, o que eu mais queria era uma resposta. Embora, se eu for honesto, o que eu mais quero mesmo... é você.

Dizem por aí que eu devia ter amor-próprio, que você me traiu e eu devia te odiar. Que eu deveria te esquecer imediatamente. Mas eu me afastei, e mesmo assim, sigo me perguntando em que momento você deixou de me amar e eu deixei de ser suficiente para você.

Um dia fomos...
mas já não somos mais

Desde que te conheci, pressenti que você seria dessas pessoas que têm a palavra "DESPEDIDA" tatuada no rosto e, mesmo assim, me arrisquei a desenhar um novo começo, outro dia, uma chegada, um nós. E a cada adeus, eu tinha cem "OLÁS" para começar, ou para que durássemos mais um entardecer, mais uma fotografia, mais um beijo. Mas, de repente, você parou de gostar das coisas que antes amava em mim. Como aquelas tardes em que me fazia quebrar as regras para colecionar momentos, para fotografar seus olhos, para te ver dançando na grama, rodopiando e me dizendo... você pode me aproveitar mais um pouco?

Confesso que te aproveitei. Que não posso mentir e dizer que não fomos algo. Fomos, e você me tirou da prisão da minha mente, mas não foi o suficiente. Você sempre me disse que eu era estranho, que às vezes não me entendia. Eu entendo.

Você foi o meu TOMARA.
O que eu queria que fosse eterno,
e terminou em um despertar.

E dizem que TUDO PASSA, mas, nesse meio-tempo,
te destrói por dentro.

Não te culpo, embora espere que um dia você me procure, para eu poder dizer: **Um dia fomos, mas já não somos mais.**

DIGA A SUA MENTE:

QUE CADA DESAFIO É TEMPORÁRIO.
QUE VOCÊ VAI SAIR DISSO.
QUE DIAS MELHORES VIRÃO.
QUE POUCO A POUCO,
A TEMPESTADE VAI PASSAR.

Quando você não confiar em si mesmo, lembre-se de que uma parte dentro de você ainda confia. Podemos ter dias difíceis, mas isso não define a nossa vida. Podemos sentir tristeza, mas isso não significa que estamos derrotados.

Eu também estou destruído. Falo isso porque quero que você se lembre — e quero me lembrar — de que é das maiores tristezas que nascem as flores mais bonitas. Que não haveria verão sem inverno. Que o sol precisa se esconder para dar lugar às estrelas, sem se esquecer que, mesmo na escuridão, sempre se esconde um pouco de luz.

NÃO PARTI COMPLETAMENTE

Sei que minha ausência te pesa.

Sei que você não estava preparado, e que seus dias não são como antes.

Eu te vi chorar, e aí é quando mais quero estar com você.

Talvez pense que a vida acabou, que não vai conseguir sem que eu esteja do seu lado, mas você vai, sim.

Estou em um lugar de paz, mas, quando vou te visitar, seu sofrimento me dói. Me dói que, por sentir que me perdeu, você acaba se perdendo de si mesmo.

Vamos voltar a nos ver. Entenda que eu só fui um pouco antes, mas minha alma está com você. Nunca vou te esquecer.

LEIA ISTO QUANDO ESTIVER SE SENTINDO MAL

Há uma grande diferença entre estar cansado e jogar a toalha. É natural que o cansaço nos faça alucinar. Que alguns problemas exijam calma, porque algumas soluções nascem do descanso, de esfriar a cabeça e buscar a solução.

Jogar a toalha é desistir, é deixar que o desânimo vença, é permitir que o fato de nos sentirmos derrotados em uma batalha faça com que não queiramos participar das outras. E a maior luta é aí, na nossa mente. O lugar onde podemos tomar a decisão de não nos deixarmos influenciar por nossos problemas. O lugar onde conseguimos paz e força. O templo para que nossas ideias fluam e saibamos para onde queremos ir.

Se queremos algo e isso é tão grande a ponto de nos fazer sentir que nossa vida tem um propósito, acredite que nem o tempo, nem o dinheiro, nem as derrotas, nem os problemas podem nos tomar isso.

MUDAR NÃO É RUIM...

Vão te dizer que você mudou, que não é mais o mesmo, que estão decepcionados.

Vão te dizer que sentem falta do seu "eu" antigo, que a pessoa na qual você se transformou não agrada, e vão tentar te fazer sentir mal por isso. Não se preocupe. Todos nós mudamos. Aqueles que se mantêm iguais ao longo do tempo são os que não evoluem. Sorria e siga em frente. Aqueles que gostam de você de verdade vão continuar do seu lado, e muitos vão embora ao ver que não conseguem nada de você.

P.S.: LIMPAR O QUE ESTÁ EM VOLTA TAMBÉM É UM ATO DE AMOR-PRÓPRIO.

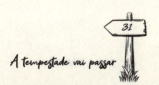

Onde você estiver

Você me presenteou com uma história,
mas como em todas,
sempre há um final.

Às vezes, as coisas terminam,
e você pensa no que falhou,
no que deixou de dizer,
e no que poderia ter feito.

Onde quer que esteja, quero que saiba
que nossa história permanece,
que vive em mim.

Que eu não vou me prender ao passado,
mas, quando olhar para trás, o farei sorrindo,
pelo simples fato de termos tido a chance de nos encontrar.

Você e eu não estamos juntos hoje,
mas uma parte da minha alma
sempre sentirá saudades da sua,
mesmo que eu não volte a te ver.

O ÚLTIMO ADEUS – NICK ZETA
Viajando ao passado

Adormeci com minha avó por volta das onze da noite, e às duas da manhã, ela faleceu. Ainda me lembro da forma como olhei para seu corpo sem vida. Eu queria ficar com ela, mas tirei minha irmãzinha de casa para que não a visse assim. Ela estava dormindo e eu a acordei com uma desculpa esfarrapada de dedetização de emergência. Depois de deixá-la na casa da amiga dela, fui embora dirigindo, e as lágrimas começaram a escorrer pelo meu rosto. Eu não conseguia digerir aquilo. Parei o carro e bati no volante várias vezes. Minha mãe tinha morrido! Aquela que cuidou de mim quando minha mãe não estava presente. Aquela que ficou comigo quando ninguém mais fez isso. Com quem eu falava todos os dias. A conexão mais forte que eu senti com alguém havia terminado, e, com ela, uma parte de mim também morreu. Eu não soube o que fazer após a morte dela, mas a minha irmãzinha precisava de mim e, dias depois, eu lhe disse que ela havia se mudado para o céu, que agora viveria em nossos corações, isso e toda a merda que dizemos para tentar nos sentirmos melhor. Ela me perguntou por que Deus a tirou de nós, e eu pedi que ela não ficasse chateada com Ele, mesmo que eu duvidasse da Sua existência e, se Ele existisse, eu já estava odiando-o por levá-la embora.

Quis ligar para Danna, e fiz isso, mas ela não atendeu. A pessoa que eu amava, meu amigo e minha avó, os três tinham ido embora.

Achei que ia morrer de sofrimento, mas não morri. Continuo de pé, mesmo que ainda me custe respirar e todos os dias eu tenha conversas em voz alta, repetindo para a minha avó tudo o que eu não pude dizer a ela.

SORRIR POR FORA ENQUANTO CHORA POR DENTRO

E ENTÃO VOCÊ EXIBE UM SORRISO A TODOS, MAS SUA ALMA ESTÁ TRISTE. VOCÊ FINGE QUE ESTÁ TUDO BEM PORQUE SÃO SEUS PROBLEMAS E PORQUE ACHA QUE NINGUÉM MAIS VAI SE IMPORTAR, MAS VOCÊ NÃO ESTÁ SOZINHO.

HÁ MUITAS PESSOAS QUE SE SENTEM ASSIM. HÁ OUTRAS, COMO EU, QUE QUEREM TE DIZER QUE OPORTUNIDADES MELHORES E PESSOAS MELHORES SURGIRÃO. QUE VOCÊ PODE SE REINVENTAR, QUE OS MOMENTOS DIFÍCEIS SÃO COMO TÚNEIS: NÃO SÃO ETERNOS.

MINHA AVÓ SEMPRE ME DISSE QUE A VIDA É AGORA, E QUE PODEMOS RESOLVER QUALQUER INCONVENIENTE E NOS FORTALECER A PARTIR DOS NOSSOS MEDOS. ME DIZIA PARA CHORAR, MAS TAMBÉM PARA RENASCER DA DOR, COMO A FÊNIX QUE ENCONTROU O MELHOR MOMENTO DA VIDA DEPOIS DE TOCAR O FUNDO DO POÇO.

E, HOJE, TENTO ACREDITAR NISSO. TENTO REPETIR PARA MIM QUE, POUCO A POUCO, VOU VOLTAR A FICAR BEM.

A tempestade vai passar

DE: MIM
PARA: OS DIAS DIFÍCEIS

Alguns dias, você vai se sentir triste, sozinho, vazio e sem motivação. Vai achar que nada tem sentido, mas isso não está certo. As maiores transformações vêm acompanhadas de um terremoto, de uma sacudida, de um forte impacto. E não, não vou dizer que não vai doer, porque há dias mais difíceis do que outros, mas, sim, quero que saiba que tudo vai encontrar seu devido lugar, ou talvez você precise colocar as coisas no lugar onde elas pertencem. É mentira que vai ser fácil, porém, é verdade que só você pode reparar o desastre. As tempestades não são eternas, e você está no lugar certo, ainda que não seja como você esperava, pouco a pouco, tudo vai ficar bem.

Você está fazendo o melhor que pode, perdoe-se, liberte-se de seus medos, ame-se com suas imperfeições, não duvide de si mesmo. Livre-se do que precisa ir embora. Solte quem te soltou e se agarre em si mesmo, que em breve você verá de novo o amanhecer.

DIZEM QUE SE VOCÊ ACREDITAR QUE CONSEGUE ALGO, VAI CONSEGUIR. E AQUI ESTOU EU, ACREDITANDO EM MIM MAIS UMA VEZ.

PODE DEMORAR, MAS EU VOU CONSEGUIR. SEI QUE VOU.

De: mim
Para: mim

ESSA NOITE
EU QUERIA PODER
VER UMA ESTRELA CADENTE
PARA DESEJAR
VOLTAR A TE
ENCONTRAR EM OUTRA VIDA.

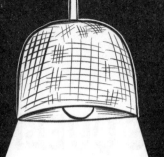

Momentos melhores, pessoas melhores, épocas melhores e projetos melhores virão.

Dias melhores virão, e o que hoje te assusta será apenas uma lembrança.

ASAS QUEBRADAS

E enquanto eu te esqueço, decidi utilizar o amor em quatro estações: a dor, a raiva, a aceitação e a cura. Talvez você não possa se curar em trinta dias. O amor é mais complexo do que isso; embora meus amigos digam que eu tenho a fantasia de te amar, que sempre falo de você e que menciono seu nome quinhentas vezes por dia. Dizem que procuro mil razões para ficar, e que, quando consigo ir, no final, sempre volto para você.

Agora eu vou. Agora pego minha vida entre meus dedos, seguro-a e me aproprio dela. Deixo com você os pedaços que roubou de mim. Eles já não me pertencem. Já não se encaixam nas fendas que ficaram no meu coração.

Não te culpo. Fui eu que aceitei migalhas por me agarrar a você. Fui eu que me esqueci que as estrelas brilham mais na escuridão e me deixei seduzir pelas suas sombras.

P.S.: Hoje eu desato as cordas que me prendem a você. Me liberto do meu medo da solidão e alço voo com minhas asas quebradas, mas prontas para curar.

Cuidar de mim

Muitas vezes me fizeram crer que eu tinha a obrigação de dizer *sim*, e eu me preocupava com todos, menos comigo. Ajudava e dava inclusive quando eu não podia ou não tinha, e ninguém se preocupava se me faltava algo ou se eu estava bem, só em pedir e pedir, até ficarem chateados quando eu dizia não.

Até que um dia eu entendi que cada um é dono da sua vida, e deve se encarregar de cuidar de si mesmo. Que pode ajudar e apoiar os outros quando tiver vontade, mas não se sentir uma merda quando na verdade não puder fazer isso.

Uma pessoa que te ama não está ali só para prover o que você precisa, mas para te escutar, para compartilhar momentos. Por isso, um dia, parei de confundir com amigos aquelas pessoas que só me pediam coisas e ficavam irritadas quando eu não conseguia dar o que estavam buscando.

Agora, nesta viagem, estou aprendendo a dizer não e, embora muitas vezes eu tenha me sentido culpado, já não me sinto mais. Ficarei com os que me amam de verdade e tirarei da minha vida, sem remorsos, aqueles que só me usam.

Onde não há reciprocidade, não há espaço para mim. A partir de agora, só manterei na minha vida aqueles que também entregam e não só esperam receber. E, finalmente, não me sinto mal por isso.

PARA: O EU QUE SE JULGA

Você não é tudo de ruim que pensa sobre si mesmo. Você não tem culpa do mal que te fizeram nem é sua pior versão.

Sei que está tudo fora de controle, que sua vida se transformou em um caos e que você se sente culpado, mas isso não está certo. Você vale mais do que ousou aceitar.

Os dias difíceis existem, mas existe força dentro de você que o ajudará a superá-los, e eu quero te dizer que você é maior do que acredita.

Hoje você se sente vulnerável, e isso não é ruim.

Pouco a pouco, você vai descobrindo que é capaz e, nesse momento, você vai saber que sua estranheza nunca foi errada. As lentes que usa para ver a vida não são equivocadas. Aqueles que se foram não eram para você; agradeça por essas despedidas, mas, sobretudo, agradeça por ainda ter a si mesmo.

P.S.: Você foi valente de ir ao seu encontro, e sei que ainda temos um longo caminho pela frente. Mas, pouco a pouco, estamos saindo da jaula da insegurança para descobrir nosso verdadeiro valor.

Eu prometo.

ME AFASTAR DO QUE ME MACHUCA
Viajando ao passado

— Eu me apaixonei pelo seu melhor amigo porque você só tira fotos o tempo inteiro. Você é lindo por fora, mas por dentro é um tremendo esquisito! Nem sequer é capaz de me xingar, só fica aí, com esses olhos azuis enormes e essa cara de idiota. Diz alguma coisa! Pelo menos grite, para eu saber que você se importa. Ao menos lute por mim!

Danna gritava comigo do mesmo jeito que fez quando jogou minha câmera no chão. Daquela vez, ela disse que eu passava muito tempo com meus documentários e fotos, e que eu nem sequer era bom nisso. Fiquei paralisado como quando eu era pequeno e meu avô bebia muito e batia na minha avó. Eu nunca quis ser como ele.

Eu nunca bateria em uma mulher.

Dias depois de conhecer a Danna, o ex dela deu um tapa nela no estacionamento da faculdade e eu bati nele até deixá-lo inconsciente. Todos me viram como um herói, mas minha avó, não. Pelo contrário, ela me repreendeu: *Você se transforma no que odeia. Existem outras saídas, Nick, aprender a controlar a sua raiva*

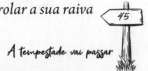

é um começo. *Evoluir é o início de uma viagem interminável*. Danna continuava me empurrando, e eu continuava me lembrando dos conselhos da minha avó: *É melhor deixar as coisas antes que elas te destruam*. Nunca entendi o que ela quis dizer... até que fui destruído, e então tudo fez sentido.

— Desde quando você está com o Iván? — perguntei a Danna, saindo das minhas lembranças.

— Há seis meses! Você estava tão ocupado sendo o melhor jogador de futebol e irmão que não percebeu. Por dedicar para mim as sobras do seu tempo e transar com a sua câmera, não se deu conta de que o seu amigo me dava o que você não era capaz. Você investia seu tempo nos seus projetos e seu dinheiro em uma menina que NÃO é sua filha.

Respirei fundo e senti como se várias partes do meu corpo tivessem se desprendido. *A culpa era minha*. Eu me descuidei da relação e devia assumir a responsabilidade. Nesse dia, joguei minha câmera no lixo achando que eu devia me afastar do que me prejudicava. Eu estava obcecado com a fotografia e era hora de parar com bobagens. O problema foi que minha irmãzinha me viu jogando-a fora e, de noite, bateu na minha porta para me dizer:

— Eu joguei fora a minha boneca preferida quando a Paola me disse que só meninas bobas brincavam de boneca, e depois eu chorei muito porque não conseguimos recuperar, lembra? — ela me perguntou, entregando-me a câmera. — Não quero que você chore por perder seu brinquedo preferido.

Eu a abracei com força e entendi que o problema não era a câmera. Eu estava fazendo uma coisa errada por medo de encarar a realidade. Quem te ama não tenta te mudar, mas te ajuda a melhorar. Danna usou uma desculpa para se justificar. Nesse dia, eu me dei conta de que, por mais que doesse, terminar havia sido o melhor.

MINHA AVÓ SEMPRE ME DISSE QUE É MELHOR DEIXAR AS COISAS ANTES QUE ELAS TE DESTRUAM.

NUNCA ENTENDI O QUE ELA QUIS DIZER... ATÉ QUE FUI DESTRUÍDO, E ENTÃO TUDO FEZ SENTIDO.

COMECE A DAR A
SI MESMO
AS OPORTUNIDADES
QUE VOCÊ DÁ
AOS OUTROS.

DE: MIM
PARA: MIM

PARA: MINHA CRIANÇA INTERIOR

Lamento ter duvidado de você. Lamento ter nos negado a oportunidade de apostar nesses sonhos que você tinha e te dizer que não conseguiríamos. Hoje quero que saiba que você é extremamente especial. Que eu te agradeço por cada tentativa, cada ocasião em que você foi forte e resiliente. Obrigado por insistir no que você amava. Agora eu sei que eu estava enganado. Agora entendo que cada desafio, cada lágrima, cada momento ruim, cada decepção, tudo isso foi necessário para nos ensinar. Você é maravilhoso e, apesar de às vezes eu ter duvidado de você, sei que vai conseguir coisas incríveis. Vamos conseguir juntos. Embora você sofra e se sinta mal de vez em quando, ou se sinta insuficiente, será nesses momentos de adversidade que seu coração vai encontrar a maior determinação do mundo, porque o único que vai te colocar em pé de novo será você mesmo.

P.S.: *Ame-se todos os dias um pouquinho mais, e não dê aos outros o poder de acabar com seu amor-próprio e de perturbar sua paz. Tenha paciência. A vida reservou um destino extraordinário para você.*

A tempestade vai passar

DIA 8 DE VIAGEM - NICK ZETA.

    Por volta das nove da noite, eu me sentei para observar a lua, e foi impossível não pensar nela.

    — Não é ruim se afastar de pessoas que não somam na sua vida, apesar de no passado terem sido importantes. Todos nós mudamos e nos transformamos todos os dias. Não somos os mesmos do passado, e não é ruim nos despedirmos das pessoas que tiram nossa paz, ou que já não vibram na mesma sintonia que nós. — Lembrei-me das palavras da minha avó em uma das nossas caminhadas noturnas.

    — Quero recuperar minha amizade com o Iván — respondi nesse dia. — Eu conheço ele desde os dez anos, vó. Ele é meu amigo há muito tempo e tem razão, eu não estive tão presente para ele por estar focado no meu projeto de fotografia.

    — Você está me dizendo que a culpa é sua? Que o problema da sua amizade é porque você está focando nas suas paixões e em moldar seu futuro?

    — Não podemos abandonar quem amamos para focar nos nossos objetivos pessoais, vó, e foi isso que eu fiz.

    — Por que você continua encontrando o seu amigo Leo? Por que ele, sim, conseguiu apoiar seu projeto e estar do seu lado nisso. A última vez que você viu o Iván, ele disse que a fotografia não dava dinheiro e ele e sua namorada Danna riram de você por tirar fotos da natureza e do pôr do sol.

— E aquela história de não escutar a conversa dos outros? — perguntei, sorrindo para ela. Era impossível ficar chateado com a minha avó.

— Eu não me meto nos seus assuntos, filho, mas seu amigo tem um tom de voz difícil de ignorar. O bom de ele quase não te visitar mais é que a minha enxaqueca não voltou. Já sabemos que a razão era ele — disse ela, brincando, e continuamos caminhando em silêncio até que, ao chegar em casa, ela me deu um conselho: — Todo mundo tem um processo diferente. Não estou dizendo que seu amigo é ruim, mas é importante que você cuide do seu círculo de amizades. Não somos perfeitos; ninguém é, Nicki. Mas seus sonhos importam e você precisa manter do seu lado pessoas que se alegram pelo que você ama e não aqueles que te menosprezam.

Hoje, olhando as estrelas, no meio da minha solidão, com lágrimas nos olhos e sentindo tanto a sua ausência, enfim entendo as palavras da minha avó. Ela sempre teve razão sobre Iván e sobre Danna, mas eu estava cego.

Hoje sei que tive um dos anos mais difíceis da minha vida, mas também o ano de mais aprendizado. Hoje respiro, e minha solidão ainda me pesa, mas me esperam em casa. Tenho uma família que me ama e não perdi um amigo, me libertei de relações que não me faziam bem. No momento, o meu círculo social não é amplo, mas eu sei que existem pessoas que me amam e ainda tenho muito a viver. Sei que novas amizades me esperam e que TUDO é temporário; a dor, as pessoas, as traições, os fracassos, a morte, a alegria, o sucesso, tudo é efêmero. A vida é sobre desfrutar os momentos e curar as feridas, é aproveitar o momento sem ficar preso a ninguém. É sobre nos abraçarmos forte, não fugirmos da nossa solidão e estarmos com nós mesmos até que nossa própria companhia não seja um peso e, sim, um lugar de paz.

Hoje me custa estar sozinho, mas a jornada continua e, aos poucos, vou me amar tanto que serei grato por esses momentos comigo mesmo, sem que me pareçam tão pesados.

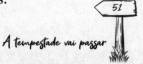

De: Mim
Para: Mim

No início não será fácil. Nenhum começo é. Antes de alcançar a estabilidade mental e emocional, você precisa cair; não uma, mas centenas de vezes. Vão te atingir, vão te machucar, você vai enfrentar situações que não esperava, e isso vai acontecer porque talvez você não esteja pronto ou não fosse o momento adequado para aprender essas lições. Mas, calma, o momento certo vai chegar.

Confie no que você está passando e não resista. Mesmo que não entenda, mesmo que se frustre, mesmo que doa. Não abandone a si mesmo.

Tudo de bom acaba voltando.

Um dia você vai entender por que as coisas aconteceram assim

e vai ser perfeito.

ANSIEDADE – NICK Z.
Viajando ao passado

Na minha primeira crise de ansiedade, senti como se fosse morrer. Eu estava sozinho quando perdi o controle do meu corpo e caí no chão. Minha mente se turvou com mil pensamentos por segundo. *Você não dedica seu tempo para mim. Não fica comigo o suficiente. Precisa escolher se quer a maldita fotografia ou eu como namorada, Nick. Eu amo você, e não o Iván, mas pelo menos para ele eu sou a prioridade. Eu te traí porque você não me dava o que eu precisava e tive que buscar em outro.* As palavras de Danna se repetiam na minha mente várias vezes. Havia se passado uma semana desde que eu soube que ela me traía, e foi no oitavo dia que ela decidiu me ligar para me culpar de tudo, sem me perguntar como eu estava me sentindo pela morte da minha avó.

Senti uma pressão no peito, enquanto minha mente tentava se agarrar à lembrança da sua traição, como um veneno propagando-se pelos meus pensamentos. Apesar de tudo, o número do telefone dela era o meu contato de emergência, e eu queria ligar para a mesma pessoa que fazia eu me sentir daquela maneira. Com as mãos tremendo, tentei ligar para Danna, mas ela não atendeu. Liguei de novo, e fiquei escutando o sinal de chamada interminável do telefone. Uma parte de mim queria ouvir sua voz, mesmo que fosse somente um eco do que costumávamos ser. Mas ela não atendeu, e hoje eu agradeço por isso, porque, quando se termina uma relação com alguém de quem você era dependente, qualquer desculpa parece uma oportunidade para voltar atrás. É como uma droga que te mata aos poucos, mas à qual você sempre recorre em busca da satisfação momentânea que ela oferece. Minha droga estava facilitando tudo: ela não queria saber de mim. E meu coração batia descontroladamente enquanto eu lutava para respirar.

— Respire fundo, tranquilo, você está tendo uma crise de ansiedade, vamos contar até dez, conte comigo, concentre-se na minha voz — escutei a voz de uma mulher falando, mas não consegui vê-la, porque eu estava com os olhos fechados e estava hiperventilando. — Um, dois, três, quatro... — Ela contou devagar e eu fui respirando com menos dificuldade. — Não sei o que você está sentindo e não vou dizer que entendo, mas estou com você e vou te acompanhar até em casa.

Ouvi as palavras dela e concordei, mas precisei de mais alguns minutos para melhorar. Ela falou sobre a mãe, seu gato, e até começou a me contar piadas e, aos poucos, respirar voltou a ser mais fácil. Aos poucos, me concentrei nos seus olhos e em como ela gostava de falar sem parar enquanto me guiava até o estacionamento sem soltar o meu braço.

— Me desculpe.

— Está se desculpando por uma coisa que você não consegue controlar, Nick? — a moça me perguntou enquanto caminhávamos para o meu carro.

Escutá-la falar o meu nome fez minha respiração parar de novo. Ela sabia quem eu era e havia me visto desabar.

— Me desculpe por te colocar nessa posição — eu me apressei em dizer, e tudo o que eu queria era ir embora. — Desculpe — repeti dando a volta, mas ela me segurou pelo braço, puxando-me para perto dela.

— O que está te assustando, Nick? Você tem medo do que eu possa pensar de você? Ou que conte aos outros o que eu vi? — ela perguntou, sem me soltar. Estava tão perto que foi inevitável me embriagar com o cheiro dela. O seu perfume era uma mistura exata de sensualidade e doçura. Eu sempre fui sensível a cheiros, e foi isso que me atraiu, mais do que o seu cabelo curto e rebelde, sua pele branca e suas feições delicadas emolduradas por olhos cor de mel.

— Você não me assusta, só não quero falar com você.

— Você é assim tão grosseiro sempre ou só quando se sente vulnerável? — ela me perguntou com cinismo.

— Você me viu em um mau momento, mas não me conhece e nem quero te conhecer. Isso faz de mim uma pessoa ruim?

— Você está muito perto de mim para alguém que não quer me conhecer, não acha, Nick? — Ela deu um sorriso atrevido enquanto se colocava na ponta dos pés para ficar da minha altura e sussurrar no meu ouvido. — Vou te levar para casa, e não se preocupe, seu segredo está guardado comigo.

Senti sua mão vasculhando no bolso da minha calça e respirei fundo tentando entender o que estava me incomodando. Se era sua voz no meu ouvido ou sua mão fuçando para procurar as chaves do meu carro, ou talvez fosse só sua proximidade e o que causava em mim.

A tempestade vai passar

— Não preciso que você me leve a lugar nenhum. Eu estou bem.

— Não podemos perder nosso melhor jogador. — Ela encolheu os ombros, mostrando-me as chaves do meu carro e, segundos depois, já estava sentada no banco do motorista. — Prefere andar até em casa, Nick? — Ela arrancou com o carro e saí correndo quando vi que ela estava indo embora de verdade.

Ela freou e, pelo espelho retrovisor, vi que ria despreocupadamente.

— O que você pensa que está fazendo? Está louca? Eu nem te conheço. — Entrei no carro sem ter outra opção.

— Meu nome é Sara, estou no sexto semestre de filosofia, e sou sua salva-vidas, mas só por hoje, Nick, não se acostume.

Ela sorriu de uma maneira peculiar e fiquei olhando para sua boca, observando os detalhes do sorriso mais cínico que já vi na vida, e tive vontade de fotografá-lo para ficar olhando depois.

— Não estou gostando — eu disse para ela.

— Não preciso te agradar. — Ela voltou a sorrir. No entanto, a forma como me olhava dizia o oposto.

Observei sua expressão segura de si e tentei entender por que eu estava tão irritado, confuso e aliviado ao mesmo tempo. Tudo simultaneamente. Sem falar nada, coloquei o endereço de casa no GPS do meu celular. Nenhum de nós dois falou nada no caminho, mas ela continuou com sua atitude triunfal e um sorriso jocoso no rosto, até que estacionou na rua da minha casa e disse:

— Cumpri minha parte. Está salvo. — Saiu do carro e caminhou rápido, sumindo na escuridão da minha rua. Era de noite e uma parte de mim a queria longe, mas outra não ia permitir que ela andasse sozinha àquela hora.

— Espere. Eu posso te acompanhar, está tarde e...

— Lamento te decepcionar, mas eu não sou o tipo de garota que precisa ser salva.

— Só quero te acompanhar até em casa, está tarde — insisti.

— Já estou em casa. Eu me mudei há seis meses, mas como você mesmo disse: nunca teve interesse em me conhecer — ela respondeu, me dando um sorriso travesso.

— Obrigado por me ajudar — as palavras saíram sozinhas.

— Ela devia ser muito idiota para não te valorizar — respondeu ela e, antes que eu pudesse falar alguma coisa, eu a vi entrando no jardim da sua casa e me deixando sozinho.

Era minha vizinha.

Se conheceram tarde,
ou talvez no momento certo.
Porque nunca é tarde
nem cedo demais.
Acontece quando sua alma te guia
àquela outra alma
que você precisava encontrar.

Coincidir

E logo chega alguém
para lembrar à sua alma
que as conexões existem.

Que existem almas
que se encontram
depois de tanto procurarem,
e quando enfim se encontram,
se reconhecem de imediato.

Que não se trata
de ficarem juntas para sempre,
mas, sim, de viver o momento.

O mais difícil já foi feito:
o milagre de coincidir.

Com o medo a reboque,
com meu coração contido,
sem vontade de sentir nada,
e ainda assim sentindo tudo
por alguém que foi embora,
arruinando os meus sonhos.

Sem vontade de acreditar,
com minhas partes perdidas,
encontrei alguém
que se encaixava perfeitamente
nas minhas partes destroçadas,
mas não o fez.

Encontrei alguém
capaz de me mostrar
que eu não preciso ser
a metade de ninguém.

Ela me disse que ficaria,
mas sem me pressionar,
apenas me ensinando a
amar minhas cicatrizes,
sem exigir um nome
nem fingir uma história,
quando eu ainda
estava terminando outra.

O caminho do desprendimento

A estrada está livre, mas a previsão meteorológica não recomenda viagens. Por isso, estaciono o carro perto do bosque e decido dar uma volta. Levo comigo um dos envelopes e, depois de caminhar sem rumo por mais de uma hora, enfim decido abri-lo.

Dentro dele encontro um mapa com o destino a seguir e uma carta feita à mão, mas também acho uma página desgastada de um livro antigo, já ilegível, e a única coisa capaz de se identificar é o desenho de uma borboleta.

Respiro fundo, sentindo o frio se infiltrar em cada parte do meu corpo, e decido ler a carta escrita à mão.

Estou me sentindo estranho. É como se de algum modo essa viagem significasse algo extraordinário, e eu fosse especial por ter um monte de cartas e orientações. Acho que, quando se perde tudo, você se agarra a qualquer coisa que te permita se sentir um pouco vivo.

Querido viajante,

Há muitos anos, do livro espiritual mais antigo do mundo, perdeu-se a Página da Sabedoria. Segundo a lenda, uma borboleta mágica, com as cores mais bonitas e asas de tons iridescentes, estava desenhada nessa página, e quem a encontrasse seria guiado por seu suave bater de asas pelo caminho do despertar interior. Durante essa viagem, teria que enfrentar desafios e aprender a arte de se libertar.

O sortudo que encontrasse a página — ou a recebesse sem sequer procurá-la — teria a difícil missão de compreender o verdadeiro significado da sabedoria. No entanto, só conseguiria alcançá-lo se, em seu destino, encontrasse o mestre de Lira e fosse considerado digno do conhecimento.

A Página da Sabedoria encontrou você, e agora depende de sua busca desvendar o significado por trás do vazio que, à primeira vista, parece tudo o que há. Nesta página, você enxerga apenas uma borboleta. Agora, cabe a você descobrir o porquê.

Boa sorte em sua jornada.

DESTINO 2
ACHEI QUE A DESPEDIDA ERA O FINAL, MAS... TRANSFORMOU-SE EM UM NOVO COMEÇO.

Ao meu eu do presente,

Não dê ouvidos a quem repete que nossos sonhos são impossíveis, que não servimos para nada e nem vamos chegar a lugar nenhum. Não importa quanto tempo vamos levar, vamos sonhar grande, vamos nos esforçar e não deixar nosso bem-estar emocional nas mãos de outras pessoas. Talvez seja difícil, podemos cair, ou talvez não consigamos de primeira e nos sintamos distantes das nossas metas, mas nada é impossível. Siga em frente. Aventure-se em novos caminhos, liberte-se do medo de perder e não deixe de arriscar. Logo vamos alcançar as conquistas pelas quais temos nos esforçado há tanto tempo. Não desista.

Até a dor mais profunda mais cedo ou mais tarde acaba cedendo. Nada é tão ruim a ponto de roubar a sua paz. Você é capaz de encontrar a solução dos problemas mais complicados. Você tem tudo para organizar sua realidade e conquistar cada objetivo e sonho. Você está se despedindo de uma alma em pedaços, que ainda não quer partir. Está em uma jornada e ainda é tempo de recomeçar. Aos poucos, você volta a ser você mesmo, mas em uma versão melhorada. Assim, explore o mundo e construa memórias que vão durar para sempre. Só se vive uma vez... É hora de fazer da nossa vida essa fotografia que diz tanto e que transmite tanto sem precisar de palavras. A felicidade também consiste no que abandonamos para nosso próprio bem-estar. Ali entendemos que a despedida não é um fim, mas, sim, o início de outro capítulo na nossa história. Bem-vindo ao início, aquele que te ensina que depois de cada despedida, sempre há outra oportunidade. Que depois do dia mais chuvoso, o que te aguarda é o arco-íris.

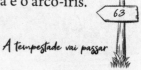

O FAROL DO ADEUS – NICK ZETA
Dia 11 de viagem

Às cinco da tarde, cheguei ao lugar seguinte marcado no mapa. Uma pequena vila de pescadores. Estacionei a kombi e caminhei até a praia para que um dos barqueiros me levasse ao farol. Aparentemente, havia muito tempo que ninguém ficava lá, e, quando ficava, era em grupo, nunca sozinho. O barqueiro pareceu confuso, mas aceitou me levar, alertando-me que, durante as noites, o barulho das ondas, da chuva e dos trovões podia ser apavorante.

— Se não tiver dinheiro, eu conheço um lugar onde recebem as pessoas de fora e dão comida. Você não precisa ficar no farol.

— Obrigado, mas eu quero ficar lá — respondi, pensando que ele talvez me visse como um sem-teto, ou que o velho sentia pena de mim. — Você pode me contar a lenda de lá? É verdade o que dizem sobre o farol?

— Chamam de *Farol do Adeus* porque, há muitos anos, o príncipe de ouro esteve com quase todas as donzelas da vila em busca da escolhida, e, quando se cansava delas, ele as convidava para esse farol. Não dava explicações, mas, quando chegavam lá, ele dizia que a última prova consistia em ver se combinavam sexualmente, mas depois de fazer sexo com elas, ele dava adeus e desaparecia de suas vidas.

— E por que continuavam aceitando sair com ele?

— Porque, para muitos, o que mais importa é ganhar, mesmo que percam sua alma no processo. Encaram como um desafio, como a possibilidade de serem melhores do que as outras que falharam. As mulheres aceitavam, encantadas pela sua pele dourada e por seu sorriso galanteador com a promessa de um castelo, que depois desaparecia, deixando-as sem nada.

— E ele conseguiu encontrar a donzela escolhida? Sua alma gêmea? — perguntei, enquanto ele me levava na sua pequena embarcação, atravessando as ondas, e as gotas de chuva começavam a cair.

— O príncipe conheceu Salomé, uma camponesa que cuidava dos pais. Ela era reconhecida pelas suas habilidades de pesca e também por ajudar os mais necessitados da vila. E, sim, eles se apaixonaram e ficaram juntos por vários meses. Algumas pessoas achavam que ela só estava com ele por interesse. A irmã dela estava doente havia muito tempo, e era ela quem arcava com os altos custos do tratamento.

— Talvez não tenha acontecido como as outras, porque Salomé era a escolhida. Talvez ele não fosse tão ruim, só não havia encontrado o amor. Afinal, eles conseguiram ficar juntos?

— Anunciaram o casamento, e Salomé escolheu o farol, porque para ela representava o sucesso do seu amor. Esse lugar onde ele se despediu de muitas, com Salomé ele usaria para selar sua união.

Uma onda veio de frente, e o capitão conseguiu se esquivar dela. Ainda faltavam dez minutos para chegar ao farol, mas o tempo só piorava. No entanto, depois de ficarmos tranquilos de novo, sem risco de virarmos, ele continuou:

— No dia do casamento, foram os reis e sua guarda privada. Para todo mundo, era indigno casar-se em um farol, mas o príncipe estava muito apaixonado, e, apesar de não aprovarem, decidiram seguir.

— E o que aconteceu? — tive que perguntar, porque, por uns segundos, ele ficou em silêncio, agarrado ao leme.

— Quando chegou o momento, o príncipe...

— Ele se arrependeu? — eu o interrompi.

— Não — ele respondeu rápido. — Pelo contrário, ele sorria, apaixonado, esperando que Salomé dissesse o sim no final. Porém ela, na frente de todos, disse: *Não posso passar o resto da minha vida com uma pessoa que magoou tantas mulheres. Durante o tempo em que estivemos juntos, eu esperei que um bom dia você me levasse ao farol, assim como fez com a minha irmã, a quem, depois de meses cortejando e prometendo amor eterno, você trouxe a esse farol, tirou sua inocência e a rejeitou. Ela caiu doente de sofrimento, e eu quis saber por que se apaixonavam por você, e acontece que às vezes a aparência física e o poder fazem com que nos tornemos vítimas de corações sujos, por acreditarmos que são limpos. Eu não quero ficar com você. Vejo em você todas as pessoas que magoou. Nunca serei sua esposa. Nesse farol onde você se despediu de muitas, sou eu quem me despeço de você. E preciso dizer que, no meio do meu plano, acabei me apaixonando, mas... não posso me apaixonar por alguém que destruiu a inocência de muitas mulheres e que nunca será capaz de amar.*

— Salomé fez com ele o que ele fez com tantas outras — eu disse, surpreso pela reviravolta que a história tomou. — Foi corajosa ao deixá-lo ir, ainda mais porque o amava.

— Salomé foi assassinada por ordens da rainha. O príncipe, apesar da humilhação e da rejeição, lutou e gritou no farol, tentando fazer com que a mãe poupasse a vida dela, mas foi inútil. Ela se despediu do príncipe, e fizeram com que ela se despedisse da vida. O importante aqui é que ele aprendeu a lição, e cuidou da família de Salomé e indenizou todas as mulheres que havia magoado. O príncipe não podia apagar o que tinha feito, mas pelo menos entendeu seu erro e tratou de se desculpar com ações. Às vezes, por mais que o adeus machuque, sempre traz um aprendizado. Ele se apaixonou por Salomé e, ao perdê-la, entendeu a dor que havia causado às outras. Essa é a lenda, rapaz. Espero que sua noite no farol ajude no que você precisa. Já chegamos.

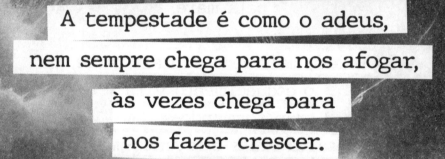

A tempestade é como o adeus,
nem sempre chega para nos afogar,
às vezes chega para
nos fazer crescer.

De: Mim
Para: Mim
A tempestade vai passar

Fiz tudo o que prometi
não voltar a fazer:
voltei a te procurar.

Eu me apaixonei por você,
que era como o mar,
e não me importei
de ser levado
pela maré.

Porém, mais cedo ou mais tarde,
o esquecimento virá
transformando-se em
salva-vidas e levando-me
de volta à margem.
Longe de você.

De: Mim
Para: Mim
A tempestade vai passar

A NOITE NO FAROL - NICK ZETA.
Dia 12 de viagem

Não quero mais amar o que me destrói, foi o que eu disse naquela mensagem de voz. Eu estava no farol, no meio do oceano, com uma tempestade nas costas, uma garrafa, e com medo de não conseguir te esquecer. Quis te ligar, mas não havia sinal. Então, bebi mais um gole de vodca para ganhar coragem e te dizer que, apesar de tudo, eu ainda te amava. E não sei quantas mensagens de voz te enviei, mas foram suficientes para eu perder a dignidade.

Me perdoe por não saber te amar, por não perceber quando você parou de vislumbrar um futuro juntos, pedi desculpas, imaginando que você estava comigo e que poderíamos ter aquela conversa que você me negou. No meio da noite e da tempestade, me perguntei se eu queria mesmo voltar com você, e se seria diferente, mas acabei entendendo que, se você estivesse comigo, eu me sentiria igual, ou até mais sozinho.

Foi um sofrimento estar no farol do adeus pedindo o seu perdão, e lembrando que o seu pedido de desculpas nunca veio. Ou talvez, quando veio, estava disfarçado de desculpas esfarrapadas.

O nosso relacionamento foi uma morte anunciada, e mesmo assim, me surpreendeu.

Apaguei as mensagens de voz, agradecendo que não havia sinal e que elas não chegaram até você, e me sentei no chão, me deixando levar pelo medo, pelo caos, pela tristeza, mas também pela razão.

Você me procurou depois que me viu com a Sara. Pediu para voltarmos quando achou que eu estava com outra pessoa. E se eu não voltei com você, foi porque, quanto mais tempo eu passava ao seu lado, menos eu gostava de mim.

Agora entendo o que Salomé sentiu. Não posso ficar com alguém que não sabe amar, ou vou acabar deixando de amar a mim mesmo.

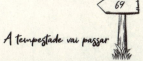

Ao perder você, me salvei de me perder de mim.

Te amar foi como ser o prego
que se apaixonou pelo martelo.

Como passar um domingo
dançando na chuva,
mesmo sabendo que ficarei doente.
Como passear nu
em pleno inverno,
e se apaixonar pelo floco de neve
que não vai chegar à primavera,
e derreterá sua fé.

Te amar foi entender
que aquilo que não dura
também deixa uma marca.
Eu era um barco perdido
e você me ancorou ao seu porto.
Você me conquistou sem limites,
e quando enfim me tinha,
soltou a corda
para me afastar de você.

Te amar foi deixar ir a pessoa
com quem eu queria passar o resto da vida
para aprender a me amar.
Você foi um grande capítulo na minha história,
mas jamais será o meu destino,
e eu enfim entendo...
que é melhor assim.

ALGUMAS COISAS PASSAM
"PARA ALGO"
E NÃO "POR ALGO".

OUTRAS PASSAM
PARA TE ENSINAR,
E NÃO PARA ACABAR COM VOCÊ.

APRENDA A LIÇÃO
PARA NÃO SEGUIR REPETINDO-A.

ALGUMAS SITUAÇÕES SERVEM PARA TE
PREPARAR PARA CENÁRIOS
QUE VOCÊ VIVERÁ NO FUTURO.

De: Mim
Para: Mim
A tempestade vai passar

NÃO CONFUNDA COM ÁGUA
ALGUÉM QUE NA VERDADE
SÓ VAI AUMENTAR A SUA SEDE.

DEPOIS DO FAROL — NICK Z.
Dia 13 de viagem

Ao descer do farol, fui buscar minha kombi, mas ela havia sido rebocada e o lugar onde eu deveria buscá-la só abriria na segunda-feira. Faltavam dois dias e eu desabei. Estava de ressaca, frustrado, a dor de cabeça me matando e eu não soube me controlar. Queria a minha casa, a minha irmã, a minha avó.

Eu não tinha para onde ir. Minha roupa e quase todo o meu dinheiro estavam na kombi. Eu estava molhado, sujo e morrendo de raiva. Quis destruir tudo ao meu redor, mas me contive. Em vez disso, corri pelo cais liberando minha sensação de impotência. Várias vezes, em velocidade máxima, esperando que desaparecesse com o vento. Não me importei pelo sol estar inclemente. Eu podia sentir minha pele ardendo, mas continuei correndo até que meu corpo desabou. Foi como tocar o fundo do poço. Como se perder na tristeza do seu presente até chegar ao limite, querendo simplesmente deixar de existir.

— Onde estou? — perguntei sobressaltado quando abri os olhos.

— Você sofreu uma insolação. Se desidratou, e eu não consegui nenhum número de contato para ligar. Eu não sabia o que fazer, então te trouxe para a minha casa.

Era o barqueiro que havia me levado ao farol. Ele me ofereceu um copo de água e eu tomei com desespero. Todo o meu corpo estava ardendo pelas queimaduras.

— A frustração, longe de solucionar, só piora tudo. Foi um problema trazer você até aqui. Você pesa mais do que parece.

— Eu não pedi para você me ajudar — disparei, sem reconhecer minha péssima atitude.

— Mas você precisava da minha ajuda.

— Eu só queria que me deixassem em paz.

— Às vezes quando se deseja isso, é quando mais se necessita de ajuda. Agora, coma alguma coisa. — Ele me estendeu um prato de sopa. Olhei ao redor e observei que as paredes estavam decoradas com fotografias do barqueiro com três crianças e uma mulher em lugares diferentes e sempre sorridentes.

— Sua esposa e seus filhos não vão ficar muito felizes de ter um desconhecido hospedado em casa.

— Eles não estão mais aqui. Há dez anos meu barco afundou durante uma tempestade e eu não consegui salvá-los. Todos morreram, menos eu.

— Sinto muito, eu...

DE MIM, PARA MIM

— Eu estou bem — ele me interrompeu. — Foi há muito tempo, mas tenho certeza que a minha família te ajudaria da mesma forma.

— Desculpe perguntar, mas como se recupera de algo assim?

— O tempo cura tudo — respondeu ele. — A dor é normal, mas diante dela, precisamos tentar ter calma. Quando aparecem problemas que não conseguimos resolver, não podemos agir por impulso, mas, sim, com compreensão e aceitação.

— Parece fácil, mas não é tão simples assim, principalmente quando a felicidade vai embora junto com as pessoas que você perdeu.

— E esse é o erro, meu querido. Ninguém é responsável pela sua felicidade. Nenhuma pessoa pode te dar isso. Você está com o leme. Você manda nas suas emoções, não deixe que elas te controlem. Não nego que dói, você sente que seu mundo desabou, mas se trata de buscar uma forma de seguir em frente.

— Por que você me ajudou? — eu quis saber. — Você nem me conhece.

— Meu filho mais velho teria a sua idade. Não pude salvá-lo, mas hoje eu te salvei e não acredito que seja coincidência — respondeu ele, e andou até a varanda. Eu o segui, e ali ele me contou: — Quando eles morreram, eu estive a ponto de tirar minha vida, mas decidi ser o capitão da minha existência. Nessa travessia, consegui os sete fundamentos para viver melhor, e sobretudo, os sete fundamentos para superar as tempestades.

— Posso saber quais são? — foi a minha pergunta, e ele confirmou com a cabeça, mas antes de me contar, apresentou-se. Chamava-se Bastian. Nesse momento, eu estendi minha mão e me desculpei por ter sido grosseiro, e também agradeci por ele ter me ajudado.

Depois de tomar a sopa, nenhum dos dois disse nada, mas também não foi preciso. A tarde caía enquanto as ondas batiam na madeira da casa localizada perto do mar. Nesse dia, a vida me apresentou a um guia, que, sem saber, me ajudaria pelo resto dos meus dias.

Olhando o céu alaranjado em meio a um dos entardeceres mais bonitos que já vi, o senhor de aproximadamente sessenta anos me contou como conseguiu se erguer quando a única coisa que queria era desaparecer junto com sua família. Essa tarde aprendi os sete fundamentos que me serviriam para ter outra perspectiva da minha existência.

OS 7 FUNDAMENTOS DA VIDA

1. Aceite as coisas como elas são: Aceitar o que não podemos mudar nos liberta do sofrimento eterno. Assim como o mar se agita e depois se acalma, as adversidades são como tempestades que mais cedo ou mais tarde vão acabar. Não resista, aprenda com elas, molde seu caráter, entenda, cresça e siga.

2. Não se compare nem entre em competição: Se você está escalando uma montanha e durante a escalada foca toda a sua atenção no outro escalador para saber se ele vai chegar antes de você... Como se concentra no seu objetivo? Como desfruta da sua experiência se vive se desgastando na comparação? Ocupe seu tempo com o seu processo e com a intenção de melhorar.

3. Cultive a gratidão: Foque no que você efetivamente é, em quem efetivamente está com você, no que você efetivamente tem. Invejar os outros só atrai a miséria. Se você só reclama do que acredita que te falta sem valorizar o que possui, como acha que a vida vai te dar mais? Agradeça cada mínimo detalhe e valorize as pequenas coisas.

4. Plante o perdão no seu coração: Perdoe a si mesmo, e só então você será capaz de perdoar os outros. Ninguém tem o poder de perturbar a sua paz, nem de te transformar na sua pior versão. Não deixe que o rancor crie raízes dentro de você. A melhor forma de curar é renunciar ao seu desejo de machucar quem te feriu.

5. Deixe para trás o que não te acrescenta: Seja compassivo consigo mesmo e com os demais, mas que isso não te impeça de se libertar daquilo que não te faz bem e te deixa para baixo. Não resista ao carregar o peso de relações que já não existem mais, nem adie despedidas que precisam acontecer.

6. Às vezes, dizer não é necessário para o seu bem-estar: Diga não ao que não te convém, sem que isso te faça se sentir uma pessoa ruim. Às vezes, um NÃO pode estabelecer limites que te protegem. Dizer NÃO é necessário para se cuidar.

7. Adapte-se à mudança: A transformação é necessária para crescer. As mudanças podem ser incômodas, mas também são necessárias. Tome-as como uma oportunidade e confie no processo. Em cada mudança você dará as boas-vindas a uma versão melhor de si mesmo. Ainda que elas estejam acompanhadas de uma forte sacudida, e você sinta que tudo virá abaixo, só se trata de um novo começo. Adaptar-se é crescer.

DE MIM, PARA MIM

DE VOLTA A MIM

CADA DIA QUE PASSO SOZINHO, ENTENDO QUE A OPINIÃO DE ESTRANHOS NÃO VAI MUDAR QUEM EU SOU. QUE NENHUM DELES ESTÁ ME ACOMPANHANDO A CADA PASSO. QUE NÃO ME CONHECEM E O FATO DE ME JULGAREM DIZ MAIS SOBRE ELES DO QUE SOBRE MIM.

É A MINHA VIDA, E SÓ EU POSSO ESCOLHER QUAL DIREÇÃO TOMAR, COM A ÚNICA CONDIÇÃO DE NÃO FAZER MAL A NINGUÉM.

SEI QUE NO DEVIDO MOMENTO, ESSES QUE TANTO CRITICAM E SE ALEGRAM QUANDO CAIO, UM DIA VÃO ME VER TRIUNFAR.

CHORAR
APRENDER
CURAR
CRESCER
RECOMEÇAR.

De: Mim
Para: Mim
A tempestade vai passar

E se o mundo virasse de cabeça para baixo?

Talvez nós sejamos o céu dos que vivem acima! E então são as estrelas cadentes que fazem desejos quando nos veem passar a 200 km/h a caminho de casa.

E se o mundo virasse de cabeça para baixo? E as nuvens nos vissem das alturas e procurassem em nós novas formas, novas cores, e tentassem decifrar como alguns dias estamos cinzentos e outros dias claros, tirassem fotos nossas e suspirassem dizendo: *Como o dia está bonito!*

Aí, as montanhas seriam as que realizariam uma viagem pelo exterior do nosso corpo, e ao chegar às nossas cabeças, veriam a vida tal como a vemos. E ficariam nos nossos cabelos esperando que uma brisa trouxesse alguma lembrança bonita. E talvez o sol jogasse uma toalha no meio da areia galáctica e esperasse que nós bronzeássemos seu rosto. E colocasse óculos escuros para poder admirar nossos raios.

E talvez… enquanto observássemos o mar, ele nos olhasse de volta, e fosse ele que fizesse perguntas que não sabemos responder, e suspirasse e risse em voz baixa, enquanto nos escutasse e sentisse paz.

E se todos os entardeceres esperassem por nós, e tirassem um tempo para ver nossas mudanças de cores? E admirassem nossa evolução e tirassem fotos nossas e as enviassem para alguma nuvem ou nos guardassem em memórias como: "o_pôr_do_sol_mais_bonito_do_mundo.jpg", e cada vez que tivessem um dia triste, recordassem desse instante quando dois pores do sol se viram pela primeira vez…

E se os sonhos fossem realidade e, quando abríssemos os olhos, os medos fossem corajosos e nós fôssemos capazes de voar até nossas metas? A tristeza sorriria, e os medos se sentiriam capazes, e a inveja se alegraria com o sucesso de todos, sem querer competir.

DE MIM. PARA MIM

Você pode sentir que está se apagando,
mas sua luz nunca vai parar de brilhar.

Mesmo que sinta
que está no escuro,
é momentâneo,
você sempre encontra
o caminho para
voltar a ficar bem,
para voltar a se iluminar.

De: Mim
Para: Mim
A tempestade vai passar

PARTIDA DE FUTEBOL - NICK ZETA.
Viajando ao passado

    Depois de terminar com Danna, o mais difícil foi continuar com a minha rotina e conviver com o Iván. Eu me lembro que, na primeira partida de futebol depois do soco que eu dei nele, tentei chegar tarde para não encontrá-lo. Ele havia se recuperado da agressão, mas era a primeira vez que nos veríamos depois daquilo. Todos já estavam em campo quando entrei correndo. Os suspiros de alívio e as batidas no meu ombro não demoraram a vir. *Achamos que não fosse vir*, foi o que disse Óscar. *Ele atrapalha o time, Nick. É só você pedir e ele está fora*, foram as palavras do meu melhor amigo, Leo.

    Em campo só importa ganhar, os problemas ficam de fora, eu disse para o time com autoridade e encarei fixamente Iván, que não foi capaz de sustentar meu olhar. Ele ainda tinha as marcas que o nosso último encontro havia deixado.

    Quando o jogo começou, eu me esqueci de Iván, das minhas preocupações e de todo o resto. Era o meu momento e a final da temporada. Liderei meu time até a vitória através de estratégia. Eu me movi rápido com a bola, levando vários adversários ao limite, e derrubando-os com agilidade. Escutei os gritos das nossas animadoras, mas a minha

mente estava tão leve que nem sequer notei quando chutei a bola para o Óscar, fazendo o passe correto para ele marcar nosso primeiro gol. Comemoramos por alguns segundos, até que o jogo recomeçou. Com gestos rápidos e precisos, fiz sinais aos meus companheiros para transmitir a estratégia que havíamos estudado. Recuperamos a bola e nos movimentamos com rapidez, cada um estava cumprindo seu papel na tática. Me devolveram a bola e dei um chute longo e preciso para a extrema direita, para correr com velocidade máxima, e dessa vez ser eu a marcar o segundo gol. *O Nick é uma máquina!*, escutei vindo das arquibancadas, costumavam gritar, mas eu nunca tinha reparado, só que dessa vez a voz me pareceu familiar. Olhei para ver de onde vinha e encontrei Sara. Sem hesitar, ela voltou a gritar: *Hoje sou eu que te imortalizo.* Ela apontou o celular para mim, me filmando ou tirando uma foto.

— Como você esquece rápido, irmão! — Óscar deu um tapa nas minhas costas.

— Ainda bem, porque Danna é uma puta — disse outro jogador, e eu o empurrei com força.

— Fale assim dela de novo e você está fora do meu time — foi tudo o que eu lhe disse, e a discussão parou ali, porque precisávamos continuar com o jogo.

Durante toda a minha infância, eu ouvia meu avô chamando minha avó de *cadela,* e não importava a minha situação com Danna, eu jamais permitiria que alguém a chamasse assim, pelo menos na minha presença.

Quando o jogo terminou, fui direto para a arquibancada procurar Sara. Desde a última vez, uma parte de mim queria voltar a encontrá-la.

— Oi.

— Oi, *desagradável.* Parabéns.

Nenhum dos dois falou mais nada, mas ambos estávamos sorrindo, enquanto as pessoas que me parabenizavam ou me pediam fotos estavam sendo ignoradas, porque minha atenção era dela.

— Esse é seu novo brinquedinho? — A voz de Danna me tirou do transe em que eu havia entrado. — Tanto drama porque terminamos e você já tem outra? Contou para ela que você é um nerd entediante viciado na sua câmera? Ou que estar com você significa ter uma filha? Porque você decidiu ser o salvador da sua irmã, Nick. Você contou a verdade? Que estar com você é um tédio? Contou por que eu fiz o que eu fiz?

De repente, os que me pediam foto passaram a rir ostensivamente, enquanto eu repetia mentalmente as palavras da minha avó: *Não magoe quando te magoarem.* **Ter a possibilidade de machucar quem te feriu e preferir não fazê-lo é o que diferencia uma pessoa boa de uma ruim.**

— Fique avisada, Nick não é o que parece. Melhor fugir.

— Talvez o que te incomoda nele seja justamente o que me fascina. Ele é um bom irmão, um bom fotógrafo, um bom jogador de futebol, e além disso... é uma pessoa tão boa que prefere ficar calado a te humilhar na frente de todos contando o que você fez. Como meu pai sempre diz, o tempo coloca cada rei no seu trono, e cada palhaço no seu circo — respondeu Sara enquanto pegava a minha mão, me tirando da arquibancada e do campus até o estacionamento.

Fiquei envergonhado.

— Não deixe que o que ela disse entre na sua cabeça. As palavras dela não podem te fazer mal porque não são verdadeiras. Só você sabe quem você é.

Antes que eu pudesse responder, ela subiu numa moto e arrancou, me deixando sozinho.

QUERIDO PASSADO,

EU NÃO SABIA COMO TE SUPERAR,
E AINDA ME CUSTA SABER.
EU NÃO SABIA COMO RECOMEÇAR,
E AINDA É DIFÍCIL.

VOU TE RECORDANDO,
E NÃO COM ÓDIO.
APRENDO COM VOCÊ.
APRENDO COMIGO.
E TENTO NÃO
PROCURAR CULPADOS.

O CAMINHO CONTINUA
E AINDA ME DÓI,
MAS POUCO A POUCO,
VOU DESABROCHAR DESSA DOR.

De: mim
Para: mim

NÃO SE DESABROCHA DA NOITE
PARA O DIA.
É UM PROCESSO,
TENHA PACIÊNCIA.
GRANDES COISAS
LEVAM MAIS TEMPO.

PARA VOCÊ QUE ME LÊ

*Para você que sente que não
está onde deveria.
Para você que está exausto,
que se sente frustrado
e pressionado a conseguir
o que esperam que consiga.*

*Esta mensagem é para dizer
que você não deve nada ao mundo,
e que seus fracassos não são o final.*

*Não viva para competir,
você não precisa da aprovação
dos outros. O que não aconteceu,
não significa que não vá acontecer.
Siga trabalhando nos seus
sonhos e não acredite
se te disserem que o seu tempo acabou.*

*É mentira que tudo precisa ser
rápido, ou com certa idade. É mentira que
os seus sonhos têm data de validade.
A vontade conta mais do que a idade.
Então, siga focado e se concentre
no que te faz realmente feliz.*

A MORTE
NÃO É O FINAL.

Eles se foram antes,
mas vamos voltar
a vê-los.

Eles nunca deixarão
de nos amar.

O amor
não diminui
com a distância,
porque
quando é verdadeiro,
nunca acaba.

De: Mim
Para: Mim
A tempestade vai passar

Dia 16 de viagem:

Ninguém me disse que respirar seria tão difícil. Que continuar seria assim tão confuso, e que minha vida sem você se transformaria em um caminho de solidão.

Ninguém me disse que a nossa casa seria um lugar sem vida, e eu um simples espectador que existe, mas que não se encontra. Ninguém me disse que você ia embora e que a vida me daria vários golpes, deixando-me triste e atordoado. Ninguém me disse que, te perdendo, eu também me perderia. E em alguns dias eu sinto que estou melhor, mas em outros, como hoje, eu não aguento de tanta dor.

ESTOU SEMPRE AO SEU LADO

Não posso falar para você não se sentir triste pela minha ausência, porque você também me faz falta nesse novo lugar onde estou. Mas posso falar que é um até logo, que vamos voltar a nos ver. Sinto muito por ter ido antes, mas eu já cumpri minhas missões e nos conhecermos foi uma delas.

Hoje cresceram asas nas minhas costas e me deram uma nova missão, que é cuidar de você de outra forma. Agora posso estar com você e te ajudar para que tudo o que você proponha, se torne realidade, e quando sentir saudade de mim, apegue-se às lembranças do que vivemos juntos.

Durante a noite, podemos nos encontrar nos sonhos. Lá eu deixarei pistas para que você siga adiante quando sentir que quer desistir e se dar por vencido. Você pode recorrer a mim sempre que duvidar; toda vez que procurar respostas, pergunte-me com fé. Eu vou estar nos detalhes cotidianos e vou te dar essas respostas, mas por favor, quando se sentir sozinho, lembre-se de mim, eu não fui embora completamente.

P.S.: A distância pode separar os corpos, mas jamais vai separar os corações que se amam de verdade. E eu continuo te amando do céu.

DIA 19 DE VIAGEM:

Algumas noites são mágicas, quando as luzes do céu parecem ganhar vida, quando as conexões se tornam mais fortes. Quando a paisagem parece um quadro, tipo os que estão pendurados na casa da minha avó, e as estrelas falam e iluminam tudo com seu brilho.

Algumas noites são escuras, quando o céu parece esconder um mistério e a lua é cúmplice do que aconteceu. E todos guardam silêncio enquanto esperam que amanheça.

Sei de noites que as nuvens cobrem o que há por trás, como as cortinas de uma janela, e você acha que existe um complô para esconder o extraordinário que existe, como um mágico e sua capa, mas depois descobre que escondem o coelho que vive na lua, e você se dá conta de que sempre foi real.

Sei de noites quando os discos voadores dançam ao som do uivo dos lobos, e tilintam com uma luz verde e branca em busca da essência da natureza. Em busca do amor que se esconde embaixo das montanhas, na lava, nos raios, nessa forma mágica como a Terra demonstra que está viva ruidosamente.

PS:Estou começando a valorizar os pequenos detalhes, como o céu, as estrelas ou minha própria companhia. Que aos poucos me deixa confortável.

DE: MIM
PARA: O MEDO

Hoje faço as pazes com você. Eu te perdoo por me roubar oportunidades, e me perdoo por ter dado a você tanto poder. Essa noite, no meio da minha insônia, enfim tomei a decisão de olhar nos seus olhos e dizer: que aconteça o que tenha que acontecer.

Por muito tempo, você me freou e eu vivia com a incerteza do futuro. Vivia sem correr riscos, porque você dizia no meu ouvido que eu podia fracassar, que eu podia cair, ou que me fariam mal. Você não se deu conta de que era você quem mais me machucava.

Porém, um dia conheci a confiança. Aí entendi que você não era tão ruim, que você também tinha uma voz que dizia que não ia conseguir. Por isso, querido medo, quero te dizer que não guardo rancor. Que nós vamos conseguir superar a adversidade. Que vale a pena tentar.

PS: Vamos seguir vivendo, e serei eu quem vou dizer que não importam a queda nem os problemas. Que juntos vamos encontrar a solução. Que aconteça o que acontecer, temos o necessário para resolver.

Às vezes você se encaixa com quem menos espera.

FOGOS DE ARTIFÍCIO - NICK Z.
Viajando ao passado

  Levei minha irmã à *festa do vento*, sem tirar o capuz do meu casaco de moletom. Eu não queria que ninguém me visse, nem tampouco me parasse para conversar. No fundo, eu nem queria ir, mas Emma estava animada para ver o show de luzes, que consistia em centenas de fogos de artifício. Na nossa cidade, essa era uma das festas mais importantes e, como eu tinha prometido a ela, nós nos infiltramos pela multidão até ficarmos na linha de frente do mirante. Faltavam poucos minutos para o espetáculo.

  — Obrigada por me trazer, Nicki — disse minha irmãzinha, e eu a levantei nos braços para ela conseguir ver melhor a cidade.

  — Escute, Nicki... Eu sei que você deixou uma carta para mim e que a mamãe vai me dar quando você viajar. Você vai embora para sempre?

  — Eu nunca te abandonaria. Não vou ficar longe por muito tempo, é uma coisa que preciso fazer e, se você não tivesse em aula, eu te levaria comigo. Além disso, vou te ligar.

  — Promete? Ouvi o papai dizer que você queria se afastar de todo mundo.

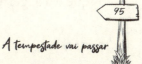

— De todos, menos de você, pequena. Você é quem mais me importa, e, sim, eu prometo te ligar sempre que puder — respondi, e ela me abraçou forte. O que mais me custava ir era ficar sem ela, mesmo que fosse por pouco tempo.

Desci Emma do meu colo porque ela se encontrou com uma amiga da escola que estava com a mãe, e elas ficaram a poucos centímetros de distância, brincando e se divertindo juntas, enquanto eu fiquei observando o céu, que começou a se iluminar com luzes coloridas dos clarões dos fogos de artifício.

— Você não acha que a ironia do destino se manifesta com elegância nesses encontros em que o amor chega no momento menos propício? — me perguntou uma voz no meio da escuridão, e me virei para o lado e encontrei Sara.

Ela estava de moletom largo, o cabelo bagunçado e short. Seu olhar intenso estava focado nas pinceladas de cores que explodiam por cima das nossas cabeças, enfeitando a noite. A garota emanava irreverência em cada centímetro da pele.

— Procurei você em casa várias vezes, mas parece que, quando eu vou te ver, você nunca está lá.

— Achei que você não tinha interesse em me conhecer — respondeu ela.

— E achei que, com a minha forma de olhar para você, você já tinha deduzido que eu estava mentindo — confessei.

— A ironia do destino é a dança mais refinada da comédia humana, Nick.

— O que você quer dizer?

— Não sei, estou bêbada, e não paro de pensar que me estou em um vértice temporal, onde os corações se entrelaçam, mas o relógio da vida insiste em marcar um compasso em desacordo.

— Como uma dança de corações entrelaçados, mas em um salão onde as horas se negam a dançar no mesmo ritmo? — perguntei-lhe, entrando no seu jogo e me aprofundando na conversa que ela sugeriu.

— Exatamente. O amor na hora errada é uma sinfonia discordante em que as almas dançam na mesma partitura, mas em páginas diferentes. Assim como nós.

— O que você quer dizer? — perguntei de novo.

— Não é emocionante, apesar de ser triste, que nossos caminhos se cruzem quando as circunstâncias ditam um adeus em vez de um encontro?

— Por que temos que nos despedir, em vez de começarmos a nos conhecer? Quem disse que deve ser assim?

— Você acaba de sair de uma relação e eu acabei de entrar em outra. Eu estava te esperando, mas enquanto eu estava nessa página, você vivia um livro que desafiava a razão. O álcool me faz soltar as palavras sem filtro, então preciso confessar: eu te queria de longe, sem entender do que eu gostava em você. Agora reafirmo que não me enganei. Eu te queria sem você me conhecer, e quando enfim você quer fazer isso... eu estou com outra pessoa.

Eu ainda não sabia o que eu sentia pela minha ex. Ainda me doía a traição dela, mas essa noite, enquanto eu via os fogos de artifício, me doeu ter chegado tarde.

— Não é necessário que você me ofereça algo mais que amizade para nos conhecermos, Sara.

— Às vezes nos encontramos com o que queremos quando já caíram todas as folhas do outono e o jardim das possibilidades parece murcho. Talvez nos apaixonemos pela impossibilidade, não é verdade?

— Você fala como se fosse escritora.

— Os escritores só mentem. Por outro lado, a filosofia nos aproxima da verdade, e por sorte, o meu interesse é na filosofia.

— E na sua verdade, eu vou te ver de novo?

— Não sei, mas hoje é como descobrir que havia um tesouro depois de ter perdido o mapa. — Foram suas últimas palavras antes de desaparecer, perdendo-se na multidão.

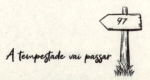

GAROTA DINAMITE

Ela tem fogo nos olhos. Quando fala, cria mundos de poesia. É capaz de te curar das feridas somente com o sorriso. Ela não é comum. Emociona-se com os detalhes cotidianos que passam despercebidos aos outros. Não se admira com dinheiro. Não pretende que alguém resolva seus problemas, porque ela tem o poder da solução tatuado na alma. Ela resolve e se transforma em resposta quando sobram as perguntas.

Ela floresceu depois que tentaram arrancar-lhe as raízes e demonstrou que todo dia cresce mais forte, que não vai se dar por vencida, que vai seguir, porque ela é das que se levantam, das que insistem, das que dançam na chuva e choram sem vergonha, porque não têm medo de sentir.

Ela é um desastre perfeito, dos que te fazem duvidar da sua sanidade. É tão incrivelmente rebelde, e ao mesmo tempo inocente, que se transforma em inferno e paraíso com seu sorriso caótico. Ela é viciada na solidão e indiferente aos julgamentos. Com sua forma peculiar de pensar, que não se encaixa com qualquer uma, porque nem todos estão à altura da sua mente. Ela ficou tão destruída que se cansou do mundo, e inventou um mundo de gelo para se proteger. Porém, se você se aproxima o suficiente, vai ver que ela queima. É dinamite e pode descongelar os corações arrasados!

Ela é isso: um amanhecer interminável para os corações que estão às escuras.

Que difícil é quando
a vida te apresenta
à pessoa certa
no momento errado.

PESSOAS REMÉDIO - NICK ZETA.
Viajando ao passado

    Minha avó morreu em uma quinta-feira e depois disso o relógio da minha vida parou. Eu continuei vivendo na segunda-feira anterior, quando assistimos a filmes e dançamos tango sem saber que era a última vez.

— Você melhorou — ela disse no meu ouvido enquanto dançávamos. Eu detestava dançar, a não ser quando ela era minha parceira.

— Você é uma ótima professora.

— O único ótimo professor é Deus, e um dia você vai ser seu melhor aluno, pequeno Nicki. — Ela se apertou contra meu peito e eu a abracei.

Eu queria que o abraço tivesse sido mais demorado.

Eu queria que o mundo tivesse parado com nós dois na varanda de casa, abraçados.

— Você é a pessoa que eu mais amo no mundo.

Uma parte de mim me motivou a dizer o que eu sentia, e hoje agradeço por ter sido corajoso. Nunca sabemos quando pode ser a última vez, e aquela foi a minha despedida.

— Você é o meu tesouro, Nick — falou minha avó, me olhando com seus olhos azuis e as rugas mais charmosas que já vi na vida. — Nunca se esqueça do seu valor, porque é incalculável. Não existem mais tantas pessoas boas, e você é uma delas. Cuide da sua irmã e ensine para ela tudo o que eu ensinei para você.

— Você ainda vai viver muitos anos.

— Nicki... eu vou ter que ir logo, mas a vida e a morte estão entrelaçadas. Mesmo que eu vá embora, vou continuar te amando, e tenho certeza de que vamos voltar a nos encontrar.

— Não gosto quando você fala assim, e você não vai me deixar. Lembre da nossa viagem, temos a caixa e a Página Perdida da Sabedoria. Estou trabalhando muito para você e para a minha irmã, para dar tudo o que vocês merecem, vó, e para fazermos essa viagem que você tanto sonha, mas em grande estilo.

— Deus me abençoou com você, querido. Você já me deu mais do que eu mereço. Desde que você nasceu, me encheu do maior amor, e à medida que cada tristeza ou dor ia crescendo, elas diminuíam ao te ver crescer, filho. A viagem importa mais do que o dinheiro, e, se eu realmente for, não espere ter mais para fazer sua viagem. Às vezes com pouco podemos fazer grandes coisas.

Eu a abracei com força, sem imaginar que sua alma pressentia que estava a ponto de partir. Queria que ela não tivesse morrido dias depois. Que não tivesse me deixado sozinho. Porque, mesmo ainda tendo meus pais, ela era a pessoa mais importante da minha vida junto com a minha irmã. Foi ela quem me criou, e ela que esteve comigo desde que eu nasci.

Porém, a morte me lembrou que tudo é emprestado, inclusive o nosso tempo. Essa noite, eu pedi à lua que minha avó vivesse para sempre. Achei que meu desejo não tivesse sido atendido, mas hoje entendo que há pessoas eternas que se mantêm conosco mesmo depois de terem ido embora.

A tempestade vai passar

QUANDO A MINHA VIDA
ERA UM DESASTRE,
VOCÊ ESTAVA LÁ.

QUANDO EU QUIS DESISTIR,
VOCÊ ME MOTIVOU A SEGUIR,
E ISSO EU JAMAIS VOU
ESQUECER.

De: Mim
Para: Mim
A tempestade vai passar

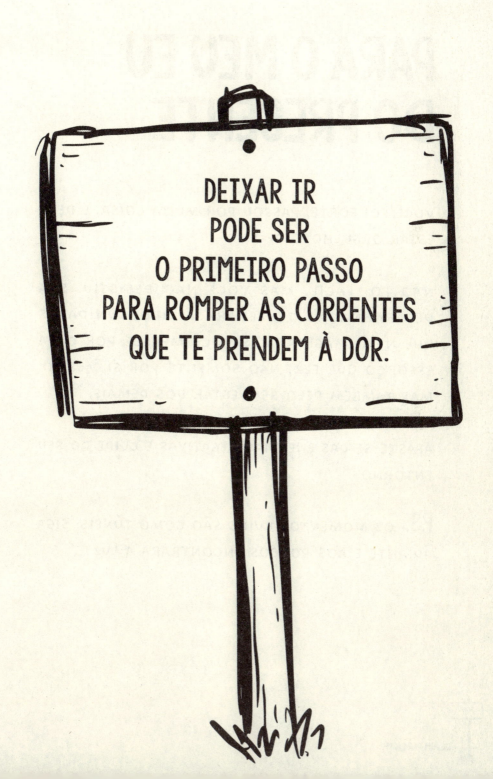

PARA O MEU EU DO PRESENTE

Você foi forte. Passou por muita coisa, e deve estar orgulhoso de si.

Não foi fácil, mas você não desistiu. Sua determinaçao te levará à oportunidades que nem imagina, mas você merece por cada esforço que fez, não somente por si mesmo, mas também pelo bem-estar dos demais.

Afaste-se das energias negativas e cuide do seu entorno.

P.S.: Os momentos ruins são como túneis, siga adiante e aos poucos encontrará a luz.

HÁ PESSOAS QUE PASSAM BREVEMENTE PELA NOSSA VIDA, MAS DEIXAM UMA MARCA ETERNA.

E ENTÃO EU DEIXEI DE SUPOR
QUE ME DARIAM O QUE EU DOU.

NEM TODAS AS PESSOAS
SÃO COMO EU.

APRENDI A LIBERAR E A SABER
EM QUE LUGAR FICAR
SEM PROJETAR MINHAS EXPECTATIVAS EM NINGUÉM.

NÃO PODEMOS MUDAR OS OUTROS,
MAS, SIM, DECIDIR QUANDO NOS AFASTARMOS
DE LUGARES E PESSOAS.

De: Mim
Para: Mim
A tempestade vai passar

De: Mim

Para: Os corações despedaçados

Você provavelmente está lendo isto enquanto se sente perdido. É complicado quando as pessoas em quem você mais confiava te decepcionam. Quando se dá conta de que perdeu tempo e a frustração se apodera de você. Só quero dizer que, mesmo que se sinta enganado, triste e vulnerável, não deve se culpar. Não pense nos possíveis erros que você cometeu, pense no seu presente e que, mesmo que pareça complicado, no fundo você tem as respostas que vão te colocar de pé.

Um dia você vai voltar a alçar voo, e suas asas vão se sentir livres depois de ter ficado tanto tempo adormecidas. Você achava que elas estavam quebradas e destruídas, mas elas estavam se recuperando, igual a você, e no momento adequado elas vão viajar por novos horizontes, observando novos céus e conhecendo outros pássaros, mas você nunca mais vai colocar seu bem-estar nas mãos dos outros.

Depois de se curar, você nunca mais vai deixar que os outros te destruam. Vai ser cuidadoso, mas isso não significa que não vai voltar a amar. Pelo contrário, agora você vai saber que não são todos que merecem entrar na sua vida. Que não é qualquer um que merece um lugar na sua mesa nem no seu coração. Hoje você está sofrendo, mas eu te garanto que aos poucos você vai voltar a ser feliz, e dessa vez sua felicidade vai depender da sua própria companhia.

P.S.: Seja paciente. A dor tem muito para te ensinar, e depois de cumprir seu papel… ela também vai embora.

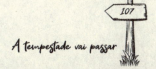

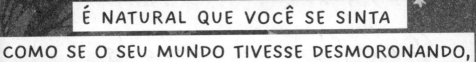

NÃO É VERDADE QUE TODOS
OS SEUS AMIGOS NÃO SERVEM
PORQUE UM DELES TE DECEPCIONOU.

POR MAIS DOLOROSO QUE SEJA,
A VIDA ESTÁ TE LIBERTANDO
DO QUE NÃO TE CONVÉM,
E É MELHOR ASSIM.

De: Mim Para: Mim

DIA 21 DE VIAGEM

Começo a entender que o tempo é fugaz. Que não adianta me preocupar até a exaustão. Que não posso passar pela vida querendo ajudar a todos, colocando a felicidade dos outros acima da minha.

A partir de agora, decido não levar nada para o lado pessoal, nem pensar demais nas coisas até o ponto de me fazer mal. A partir de agora, não vou viver sendo essa pessoa que foi ferida, porque viver recordando essa ferida não vai permitir me curar. Hoje sou consciente de que eu também machuquei os outros. Que não sou perfeito. Que assim como me decepcionaram, eu também decepcionei, e que não vou viver odiando os outros pelo que me fizeram. Já é hora de superar e seguir em frente.

As estrelas me acompanham e eu me sinto conectado comigo mesmo. Hoje, sinto que posso superar qualquer obstáculo. Que posso realizar qualquer sonho. Que tenho tudo o que é necessário para ser feliz.

ESTÁ ACONTECENDO O MELHOR

A vida está te afastando daquilo de que você NÃO precisa e do que NÃO te faz bem.

Comece a confiar em si mesmo e na sua capacidade de renascer. O mal não dura para sempre. Se demorar, se machucar, se doer, se te falarem para desistir, se você perder a confiança... não desista, porque tudo isso faz parte do caminho.

Desistir não é a solução. Você não precisa conseguir tudo de imediato para que seja importante.

P.S.: Insista, volte a tentar, transforme as críticas em impulso e não se sinta diminuído por aqueles que já conseguiram.

DE: MIM
PARA: MIM

É NORMAL DUVIDAR, MAS TUDO ESTÁ ACONTECENDO POR UMA RAZÃO QUE UM DIA VOCÊ VAI ENTENDER. NÃO CAIA NA ARMADILHA DA COMPARAÇÃO. FOQUE EM VOCÊ E NO SEU CAMINHO. CONCENTRE-SE EM SUPERAR SEUS LIMITES E EM ALCANÇAR SUA MELHOR VERSÃO.

SIGA O CAMINHO NO SEU RITMO, COM SEUS PROGRESSOS E DESACERTOS, MAS COM DISCIPLINA E VONTADE DE CONTINUAR.

P.S.: OS RESULTADOS, MESMO NÃO SENDO IMEDIATOS, SE CONSTROEM TODOS OS DIAS, INCLUSIVE QUANDO VOCÊ NÃO CONSEGUIR VÊ-LOS DE FORMA SUPERFICIAL.

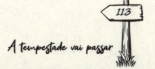

QUANDO PRECISAR SE PERDOAR

Não se trata de quem você foi no passado, mas de quem você é no presente e das possibilidades que tem de se transformar no futuro. O que aconteceu ontem não define seu caminho. Sua verdadeira essência está no HOJE, e em como você aprendeu com os erros que cometeu.

Aprenda a se perdoar com a mesma compaixão com que perdoaria alguém que você ama. Lembre-se de que a verdadeira evolução pessoal começa quando você se perdoa pelos tropeços e se permite crescer em meio a uma nova oportunidade. Você não se define pelos seus erros; você é a pessoa que escolhe se tornar depois de cometê-los.

P.S.: Quando você se perdoa, transforma seus erros em escadas que vai subindo para ser melhor e mais forte. Ainda está em tempo. O passado não vai mudar, mas você ainda tem o presente.

Está tudo bem não ter vontade.
Tire um tempo para você.

Não seja tão duro consigo mesmo.
Há coisas que não dependem de você,
não se frustre.

Talvez você só precisasse aprender
essa lição que vai te servir
pelo resto da vida.

Tenha paciência.
Aos poucos tudo vai se ajeitar.
Vai dar certo,
só não desista.

TRISTEZAS – NICK ZETA.
Dia 21 de viagem

São seis da tarde, mas estou chorando desde às três. Não há ninguém perto de mim e é bom soltar tudo o que estava reprimido. Chorar sem julgamentos. Lembro-me de que durante muito tempo escutei o meu avô dizer que chorar era coisa de maricas, e se ele me visse chorando, me batia. Minha avó sempre intervinha e acabava recebendo os golpes que deviam ser para mim. Por isso, desde criança resolvi reprimir as lágrimas. Se eu chorava, machucariam minha avó, por isso guardava tudo para mim.

Preciso admitir que hoje não parei de me lembrar dela. Não sai da minha mente uma de nossas últimas conversas. *Te amo, Nick. Não me arrependo de ficar com você. Você é o meu menino e, quando o amor é verdadeiro, ele busca um modo de reencontrar. Raúl e eu vamos ficar juntos de novo, pequeno,* foi sua resposta quando perguntei se ela não se arrependia de não ter voltado para seu grande amor, em vez de ficar aguentando o meu avô.

Essa noite, Danna e eu havíamos brigado. Minha avó a escutou sair batendo a porta da minha casa e gritando para mim: *Se não for eu, ninguém vai ficar com você. Ninguém gosta de gente como você.*

— A única coisa que eu quero é ser como os outros.

— Você finge ser normal todos os dias, Nick, e você e eu sabemos que você não gosta disso. Você não nasceu para ser como todo mundo, mas para ser você mesmo.

— E quem você acha que eu sou, vó?

— Isso é algo que eu não posso te responder, só você pode descobrir, mas para conseguir, você precisa se olhar no espelho e fazer uma viagem para descobrir o que está dentro de você. Uma jornada de introspecção, onde você só encontre a si mesmo, até se entender.

— E se eu não conseguir nada?

— "Nada" já é alguma coisa, Nick — respondeu ela, acariciando meu rosto. — As pessoas precisam de muita coisa, mas no nada, no simples, no tranquilo, também há maravilhas, e você é uma delas.

— Em todo aniversário, você me dá um envelope e me proíbe de abri-lo. Hoje quero te perguntar por que é tão importante essa viagem que você quer que façamos juntos.

— Porque eu acho que você está estagnado, que está preso na sua zona de conforto e que, por mais que você tire suas fotos, te falta a magia de viver para que a lente da sua câmera não seja a única que faça o trabalho, sem sua lente interior também trabalhar.

— Uma viagem não mudará quem eu sou, vó. Talvez Danna tenha razão e eu seja um fracassado.

— Todos somos fracassados, porque todos nós, alguma vez na vida, perdemos alguma coisa. Quem te ama nunca vai te machucar para tirar o melhor de você, existem outras formas.

— O amor machuca, inclusive no seu caso, vó. Você machucou alguém que te amava por amar a mim. Você nunca pensou no tanto que deve ter doído nele por você ter escolhido outra pessoa?

— Todas as noites, desde que fui embora, eu tenho pensado nele. Mas os amores eternos se mantêm no tempo, mesmo que despertem acompanhados de outras mãos — respondeu ela. — Se eu pudesse escolher, escolheria amá-lo, mas sem te perder. O amor pelos filhos e netos supera tudo. Por isso quero te ver viajar, se descobrir e acender as luzes que vivem apagadas em você, meu menino.

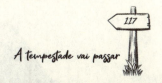

DESDE QUE
VOCÊ FOI PARA O CÉU,
ERGO AS MÃOS
PARA TENTAR CAPTURAR
TODOS ESSES MOMENTOS
QUE SE FORAM JUNTO COM VOCÊ.

De: Mim
Para: Mim
A tempestade vai passar

Querido viajante,

Em um mosteiro distante vivia o grande monge Alistair, mas ele estava prestes a ir embora, porque havia decidido entrar no bosque mágico de Lira, onde passaria o resto da vida.

Uma tarde, um jovem estudante chamado Aiden, buscando compreender o mistério da paciência, quis aproveitar a oportunidade de perguntar ao monge, que estava meditando no jardim.

— Mestre Alistair, perdoe a interrupção, mas estou desesperado. Como posso aprender a virtude da paciência quando a frustração me consome? Sinto que não consegui nada, que estou longe dos meus sonhos.

— Você conhece a história do jardineiro Haruki? — perguntou o monge, e o jovem negou com a cabeça. — Esse homem dedicava a vida a cultivar flores raras, mas vivia frustrado, porque não entendia a lentidão do crescimento das plantas. Um dia, no limite do desespero, teve o impulso de abandonar sua grande paixão e se afastar para sempre da jardinagem.

— E ele fez isso? Abandonou suas plantas?

— Nessa tarde, uma senhora foi procurá-lo para pedir ajuda com o próprio jardim. Ele, em meio à frustração, decidiu ir com ela e lhe brindar com seu conhecimento, mas, para sua surpresa, quando chegaram, ele observou que ela tinha um bambu gigante, o maior que ele já havia visto.

— Na verdade, ela não precisava de ajuda?

— A senhora queria era ajudá-lo, e por isso compartilhou a história do enorme bambu, que cresce lentamente embaixo da terra durante cinco anos antes de sair. Sem dúvida, quando aparece, leva poucos meses para elevar-se a uma altura assombrosa. — O mestre Alistair fitou Aiden nos olhos e acrescentou: — A paciência é como o bambu que cresce silenciosamente embaixo da terra durante muito tempo, desenvolvendo raízes fortes que depois permitem seu rápido crescimento. Mesmo não sendo possível ver os resultados à primeira vista, você precisa confiar no seu crescimento, formar as bases sólidas de suas metas e persistir, inclusive quando você se sente longe dos seus desejos, porque a recompensa vai chegar no momento adequado.

P.S.: Ao longo dessas cartas, eu te conto do mestre Alistair, porque se você persistir nessa viagem e tiver paciência, o destino vai te levar a conhecê-lo. O monge de Lira está esperando por você, viajante.

DESTINO 3
O CAMINHO DO DESPERTAR

NÃO IMPORTA
A PROFUNDIDADE DA QUEDA.
VOCÊ CONSEGUE SE LEVANTAR
E SE TRANSFORMAR EM UMA
VERSÃO MELHOR DE SI MESMO.

A CAIXA NÃO ESTÁ VAZIA - NICK ZETA
Dia 23 de viagem

Quando abri o envelope nº 3, havia um mapa com um bilhete:

A humilde semente se transformou em uma árvore majestosa. Mas conseguiu fazer isso porque absorveu a adversidade e a transformou em beleza. É disso que se trata esse percurso, nutra-se da sua escuridão, e não se esqueça de que até os momentos mais difíceis terminam. É hora de reconhecer a magia que você tem e que tem ignorado. Embarque no próximo destino e abra sua mente ao que está prestes a descobrir.

Segui as instruções. Embarquei em uma viagem até à tranquila cidadezinha de Arlenwood, onde, atravessando o lago, havia um lugar misterioso que seus habitantes chamavam de *O caminho do despertar*. Precisei passar vinte minutos em um bote alugado, remando e tentando encontrar esse lugar. Por mais que eu insistisse para os moradores locais me levarem até lá, eles respondiam: *Só você pode conduzir seu destino.*

Segundo os locais, trata-se de um lugar no qual os corações incrédulos têm a oportunidade de encontrar a magia e a paz interior. Onde aqueles que se sentem perdidos descobrem na derrota um novo começo. Pensando nisso, remei até minhas mãos cansarem. Eu não sabia o que estava procurando ou aonde eu ia chegar. A brisa brincava com as folhas das árvores, o lugar era como um sonho e, aos poucos, fui relaxando, maravilhado com o que me rodeava. Minha mente ficou em silêncio enquanto eu escutava a natureza, que, sem palavras, foi me levando pelo misterioso caminho de rios caudalosos até chegar à margem. Uma parte de mim mantinha a esperança de poder me encontrar com o grande mestre e descobrir o mistério da Página Perdida da Sabedoria.

Cheguei a uma clareira no bosque onde um arco de pedra, coberto de trepadeiras, parecia ser a entrada do caminho do despertar. Com incredulidade e uma mochila pesada, cruzei o arco, entrando no caminho. Enquanto eu avançava pela trilha, me lembrei de momentos que teria preferido esquecer.

Eu me lembrei de que, quando eu tinha cinco anos, no dia das mães, fiquei esperando a minha mãe na sala de aula. Eu havia feito um cavalinho de madeira para ela e todas as crianças estavam com as suas. Era uma festa para as mães, com atividades de mãe e filho, e eu era o único que estava sozinho. A professora e as outras mães tentavam me animar, mas algumas crianças começaram a me provocar: Sua mãe não te ama; Você não tem mãe. Embora as mães tenham repreendido os filhos, aquilo foi suficiente para eu me isolar em um canto. Coloquei o capuz do meu moletom e quis desaparecer. Fiquei ali até alguém se sentar ao meu lado e colocar a mão no meu joelho.

— Ela não conseguiu vir, mas eu, sim. Vamos nos divertir juntos?

Ao escutar a voz da minha avó, tirei o gorro do moletom e a abracei, e depois lhe entreguei o cavalinho de madeira.

— É para a sua mãe — me lembrou minha avó.

— Ela prometeu que viria.

— Ela teve um problema.

— Ela sempre tem problemas. Não quero mais que ela seja minha mãe! Quero que você seja minha mãe! Ela sempre vai embora. Sempre me abandona. Ela não foi ao meu jogo de futebol. Ela nunca foi a uma partida.

— Sua mãe te ama, pequeno Nicki.

— Você é a minha mãe, vó. Você nunca vai me abandonar, não é? — perguntei, chorando de frustração e tristeza.

— Nunca. Inclusive quando eu não estiver mais aqui fisicamente, vou arrumar uma forma de estar com você. Vou cuidar de você para sempre.

Saí das minhas lembranças com os olhos marejados de lágrimas, e o sol já começava a colorir o céu com tons quentes, mas o meu coração se afundava na mais profunda nostalgia.

Ao longe, vi uma árvore majestosa e centenária, com raízes retorcidas que pareciam se fundir na terra como mãos ansiosas para tocar no coração do mundo, e ao seu lado, um menino me chamava. Achei estranho ele estar sozinho, e logo olhei em volta, tentando encontrar seus pais, mas não vi ninguém. Me aproximei e ele me entregou uma caixa de madeira, sorrindo e pedindo que eu a abrisse. Fiz isso, mas estava vazia.

— Não tem nada aqui dentro. É uma brincadeira?

— A verdadeira magia da vida é encontrar beleza onde parece não haver nada — disse o menino com a voz suave, e seus olhos me fitaram com doçura. — Olhe de novo o interior da caixa, porque o que você vê nela é o que há em você.

Fiz isso. Olhei e não encontrei nada, até que algo dentro de mim me fez fechar os olhos. Respirei profundamente enquanto o vento acariciava meu rosto. E me lembrei de todos os momentos em que minha mãe não estava. As noites em que eu queria dormir com ela, ou tinha pesadelo, mas ela não estava em casa. Lembrei que ela não estava lá quando eu fiz sete anos.

— Procure mais, procure o que você teve. — Escutar a voz do menino me fez recordar das histórias que minha avó lia para mim, das caminhadas, do dia em que ela comprou minha primeira bola de futebol, ou quando me ensinou o que era uma fotografia e saímos procurando borboletas para imortalizá-las em uma foto sem tirar sua liberdade.

Imediatamente, a tristeza foi embora e deu lugar à gratidão e à felicidade por esses momentos com ela.

O menino começou a correr, me levando pela mão, até que atravessamos uma ponte, e do outro lado havia um pequeno campo de futebol.

— Jogue comigo — ele me pediu, e coloquei a caixa de madeira na terra para entrar em um jogo divertido.

Eu me diverti como se também fosse criança, e enquanto jogávamos, as árvores pareciam sussurrar segredos ancestrais, os galhos se moviam com se dançassem para nós, e um arco-íris se estendeu em meio ao entardecer.

— Já vai anoitecer e, assim como o dia se vai, é hora de o ressentimento que você tinha da sua mãe também ir embora. Não existe um manual para fazer isso da melhor forma, e se você abrir mão do que esperava dela, vai conseguir um dos pilares do despertar: o perdão.

— Você não fala como uma criança.

— A sabedoria não depende de um corpo, mas da alma. Agora, abra a caixa e tire de dentro dela tudo o que ocupa o espaço daquilo que é positivo. Tire o rancor, de modo a sobrar espaço para as segundas oportunidades e para o amor. A caixa nunca ficou vazia, porque o que não se pode ver com os olhos, se observa com a alma. Não se esqueça de que o que não tem mais forma física continua existindo. Sua avó continua existindo, Nick. E ela quer que você saiba que ela está orgulhosa de você.

Com as árvores sussurrando para mim e um menino falando como se fosse adulto, milhares de emoções me invadiram e a felicidade preencheu cada parte do meu ser. Era como se a minha avó estivesse comigo.

Nós dois nos sentamos na margem do riacho.

— Quem é você? — perguntei a ele.

— Sou a parte de você que estava esperando ser ouvida. Olhe a água, é possível detê-la? Não. Sinta o vento, é possível detê-lo? O mesmo acontece com a vida, com o passado, com os erros. Não é possível mudá-los, mas, sim, melhorar seu presente.

— Você é o mestre da Página Perdida da Sabedoria?

O garoto começou a rir com uma expressão infantil e tudo era muito estranho, a floresta parecia ganhar vida. O canto dos pássaros noturnos, o sussurro do vento entre as folhas, as pedras sob meus pés me lembrando que o caminho continuava. Era alucinante.

— Quando você subiu no bote, provou uma mistura de plantas terapêuticas que alteraram sua consciência. Eu sou só uma parte de você que durante muito tempo esteve silenciada. Estou aqui para você descobrir que levava o ressentimento como uma pedra pesada te prendendo ao passado. Hoje você só precisa soltá-la e permitir que flua como o rio embaixo dos seus pés. Você tem que entender que não pode segurar alguém que quer ou precisa ir embora. Nada é seu, e nada se vai por completo. O perdão não significa que o que a outra pessoa fez foi bom, mas te libera de levar esse peso com você por toda a vida. Assim como não podemos segurar a água, também não deveríamos segurar o rancor, mas isso é uma decisão.

Fiquei observando-o e um amor imenso foi crescendo dentro de mim. Eu o abracei sem me conter e o vi desaparecer. *Nunca se esqueça de que a paz interior reside em libertar os pesos que carregamos no coração*, escutei sua vozinha infantil pela última vez enquanto o vento levava seu corpo, mas não sua essência. Então entendi suas palavras. Entendi que depois desse dia, eu nunca mais estaria sozinho. Eu tinha a mim mesmo e me amava. Por muito tempo, eu estivera dormindo, e agora, eu enfim começava a despertar. Eu estava me reencontrando com minha criança interior, com minha solidão, com meu passado, com meus erros, com meus medos, e principalmente, agora, no caminho do despertar... *eu tinha começado a me perdoar e a perdoar aos que falharam comigo!*

FAÇA COM QUE SEU EU DO FUTURO SE SINTA ORGULHOSO DE VOCÊ.

Você merece uma vida plena. Merece realizar cada um dos seus sonhos. Levante-se todos os dias sabendo que você tem o necessário. Que é o seu tempo, e o seu momento. Que não importam as dificuldades ou as pessoas que tentem te machucar, porque coisas boas acontecem com pessoas boas. Você está protegido pelos céus. Você já passou por muita coisa e não desistiu. Aqueles que você mais amava te decepcionaram e, mesmo assim, você continua desejando-lhes coisas boas. Você é corajoso e garanto que vai saber lidar com as pedras no caminho e vai alcançar cada plano e meta que tenha. As pessoas ruins perdem a força quando se encontram com sua arma secreta: a bondade do seu coração.

De: mim.
Para: mim

A tempestade vai passar

A partir de hoje

Eu me concentro em mim,
nos meus objetivos
e em continuar crescendo,
mesmo que isso signifique
que se fechem portas
e que eu me afaste daqueles
que me desviam das minhas metas.

A partir de hoje, eu fecho os ciclos
que não me convêm.
Eu me afasto daqueles
que roubam a minha paz.

Para: os dias ruins

O caminho pode se tornar escuro, mas temos milhares de interruptores dentro de nós. Podemos ter dias ruins, fases ruins, mas existem mais coisas pelas quais temos que agradecer. Ninguém pode acabar com um período difícil, somente nós podemos fazer isso, e o faremos com uma atitude boa. A partir de hoje, nossa atitude para enfrentar os problemas vai ser diferente. Vamos respirar fundo e saberemos que sempre tivemos capacidade. Que vamos fazer acontecer. Que o mal não dura para sempre. Um dia ruim, qualquer um tem, mas temos pessoas que nos amam, temos um teto, comida na mesa e mil razões para agradecer. O positivo tira o peso do negativo. Não vamos nos deixar abater. O pessimismo já não faz parte de nós. Estamos curando velhas feridas, nos afastando dos que nos machucam e nos aproximando de nós mesmos. E, sim, nem todos os dias serão maravilhosos, mas em todos eles temos alguém que nos motiva, que nos impulsiona, que repete que nós podemos e que nos ama.

P.S.: Inclusive nos dias ruins, nós temos a nós mesmos. E sabemos que, aconteça o que acontecer, vamos buscar uma forma de resolver o problema e de voltar a ficar bem.

QUANDO QUISER DESISTIR, LEMBRE-SE

VOCÊ NÃO ESTÁ SOZINHO.

NUNCA ESTEVE E NUNCA ESTARÁ

VOCÊ CONSEGUE LIDAR COM ISSO

VOCÊ CONSEGUE LIDAR COM TUDO.

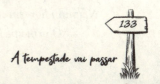

Querido viajante,

Em uma floresta antiga, um estudante curioso chamado Kaito se aproximou do sábio mestre Alistair com uma pergunta que o atormentava. O estudante seria o futuro rei. Essa grande responsabilidade o preocupava.

— Mestre Alistair, como podemos compreender a eterna luta entre o bem e o mal? — perguntou o jovem, e Alistair olhou fixamente para ele, analisando se ele estava pronto para escutar a história do príncipe Hiro, a história que, durante seus anos de mosteiro, ouvia-se pelos corredores. Ao observá-lo, deu-se conta de que era o momento. Seu aluno estava preparado para essa lição.

— Há bilhões de anos, em um reino distante, existiam duas forças poderosas: a luz e a escuridão. A luz, personificada por seres benevolentes, buscava equilíbrio e harmonia, enquanto a escuridão, representada por entidades egoístas, desejava o caos e a destruição. Nesse reino, o príncipe Hiro embarcou em uma viagem para entender a dualidade. Guiado pelo seu sábio mestre, ele explorou as profundidades da própria alma e descobriu que a chave estava em sua escolha.

— Que escolha? Não estou entendendo — preguntou Kaito, com os olhos ansiosos por sabedoria.

— Ao longo de sua vida, a maldade vai se apresentar diante de você de formas tão irresistíveis que te fará duvidar, assim como aconteceu com Hiro, que tinha a alma mais bondosa do reino e o chamavam de "o incorruptível". Durante a viagem, ele esteve frente a frente com muitas tentações e sempre foi firme na sua nobreza, até que conheceu Freya, a mulher mais bonita e desejada de Argleton. Os reis do mundo todo enlouqueciam por ela. Ela tinha o dom de fazer os homens se apaixonarem, mas só o escolhido que passasse na sua temida prova ganharia o maior presente: seu amor eterno.

— E qual era essa prova? — perguntou o jovem intrigado.

— Assassinar sua irmã.

— A própria irmã? E por que ela queria isso?

— Elas eram gêmeas idênticas e, para Freya, a irmã era a única mulher que podia tirar o poder que ela exercia nos homens. A única que tinha a sua beleza. Portanto, desde pequena, ela tentava matá-la. A mãe, desesperada, deixou Freya com o pai e fugiu com Frida. Foram para um lugar distante e, para proteger a filha, colocou armadilhas mortais ao redor do seu esconderijo. Nenhum homem conseguia chegar a ela sem morrer tentando.

— O príncipe Hiro também tentou?

— Sim. Ele embarcou em uma viagem e prometeu ser o escolhido. Ele não sabia das verdadeiras razões de Freya, pois ela, ao ver que ele era um homem honesto, contou uma história distorcida. Disse que a irmã era uma assassina, que tinha tentado matá-la inúmeras vezes, e que nunca a deixaria em paz.

"Tentando cuidar de sua amada, Hiro navegou por rios repletos de piranhas, atravessou a selva e escalou a montanha mais íngreme de Argleton. Ele ficou dias na total escuridão, escondido em uma caverna, fugindo dos lobos, e foi assim até que, setenta dias depois, ele atravessou um ninho de serpentes usando sua astúcia, e conseguiu penetrar na fortaleza onde Frida se escondia."

— E ele fez isso mesmo? Assassinou ela?

— Quando ficou frente a frente com ela, a ponto de enterrar a adaga que o levaria a cumprir o que Freya havia mandado, alguma coisa no olhar de Frida o fez enfrentar uma dualidade. Por dentro, começou a verdadeira batalha: a batalha entre o bem e o mal. Uma parte dele dizia para acabar com a vida dela, mas a outra lhe implorava que não. Que obedecesse à bondade do seu coração: "Não posso terminar com a sua vida. Mesmo que você não mereça, não sou ninguém para julgar nem privar alguém de viver. Você já vive sua própria condenação de morte: nas sombras, escondida do mundo, consumida pelo ódio que tem da irmã. Mas no final, você e ela não são diferentes, porque as duas se deixaram invadir pelo veneno do ódio, a tal ponto de desejarem a morte uma da outra, de atentarem contra seu próprio sangue, levando centenas de homens a morrerem por sua culpa. Hoje, decido ser fiel aos meus ideais e não cair no seu jogo, onde o mal é o único vencedor. Não posso fazer nada para mudar o seu destino, mas, no meu, o bem prevalece. E se para amar alguém preciso te matar e ser desleal aos meus princípios, então essa pessoa não merece o meu amor", foram as palavras que Hiro disse a Frida antes de lhe entregar a adaga com a qual pensava em matá-la, e então ele descobriu a verdade. Com lágrimas nos olhos, a mãe das gêmeas o abraçou e explicou que a filha havia sido prisioneira a vida toda. O príncipe, surpreso, ofereceu-lhes proteção, convidando-as ao seu reino, e se apaixonou por Frida, enquanto Freya se deixou consumir pela inveja, porque a irmã ocupava o reino que poderia ter sido seu. Meses depois, ela ficou muito doente, alterando seu sistema nervoso e deixando-a prostrada em uma cama.

— Frida não se vingou da irmã por tudo o que ela lhe fez?

— Pelo contrário — o mestre respondeu —, ela teve compaixão. Levou-a para viver no reino e cuidou dela até seus últimos dias de vida. Espero que você tenha compreendido, Kaito. Depende de cada um de nós que a balança penda para a luz, e não que a escuridão nos consuma através do ódio.

OPINIÕES ALHEIAS

É curioso que a opinião dos outros seja capaz de fazer você se sentir insignificante, como se fossem eles que se levantassem todos os dias, que trabalhassem, que, apesar de todas as fases ruins e toda a dor... seguissem tentando.

De nada serve renunciar ao que você quer por medo da opinião dos outros. Não se afaste do que te traz felicidade para evitar os comentários de quem te diz que você está perdendo tempo. Muitas vezes, o medo de não ser suficiente nos faz perder oportunidades. Não deixe de ser quem você realmente é por causa dos outros. Não seja desleal com você por medo do que os outros vão dizer. Não há nada de errado em você. Quando você se aceitar o suficiente, vai perceber que não precisará de aprovação, e tudo começará a fluir melhor.

Você vai ver que o universo te aproximará de pessoas com quem você realmente se conecta. Pessoas que, em vez de te criticar, te incentivem da mesma forma que você as incentiva. É questão de tempo para que você entenda que se libertar dos que só sabem te decepcionar vai te abrir portas para cruzar com pessoas na sua mesma sintonia.

UM DIA DIFERENTE - NICK Z.
Viajando ao passado

Eu havia trabalhado a noite toda no meu projeto fotográfico. O vencedor ganhava um trabalho por um ano — com a chance de efetivação, dependendo do desempenho. Era um salário excelente, em um jornal importante do país, especializado em fotojornalismo. Além disso, o premiado receberia quinze mil dólares, o que eu precisava para a educação da minha irmã e para morar sozinho. Eu estava há um ano dedicado ao projeto e, às 5h33 da manhã, enviei por e-mail, como solicitaram.

Acordei por volta das duas da tarde. Meia hora depois, a campainha tocou. Meu quarto ficava no segundo andar, então me inclinei na varanda do quarto e vi Sara. Ela estava sentada na sua moto, segurando um cartaz, e seus olhos encontraram os meus. Eu a havia visto três dias antes e ela havia me deixado claro que estava com outra pessoa.

Procurei minha câmera e me vesti o mais rápido que consegui para descer ao seu encontro.

— Oi, chato — disse ela, sorrindo, e respirei fundo, tentando repetir para mim mesmo que ela tinha namorado, que era só uma saída de amigos.

— Oi, fantasminha.

— Fantasminha?

E se formos atrás do impossível?
Só por hoje.

DE MIM, PARA MIM

— Você aparece do nada e depois desaparece rápido igual — expliquei, sem me dar conta que estava com um sorriso de idiota estampado no rosto como se fosse um selo.

— Suba, hoje eu vou te levar ao meu lugar preferido na cidade. Ou você tem medo de moto, Nick?

Neguei com a cabeça enquanto subia. Eu tinha crescido entre motos. Meu avô era viciado nelas, e com onze anos já estava me ensinando a pilotar. Ela acelerou e eu abracei sua cintura como uma desculpa esfarrapada para ficar perto e me embriagar com o seu perfume.

Durante todo o caminho, nenhum de nós dois disse nada. Apenas nos mantivemos em silêncio, sentindo que a cidade flutuava, ou que talvez fôssemos nós que flutuássemos, ou, talvez, só eu senti.

— Chegamos! — ela me disse vinte minutos depois. Parou a motocicleta no alto de uma colina panorâmica que nos oferecia uma vista impressionante da cidade e, além disso, estava vazia só para nós.

— Como você conhece esse lugar? — perguntei com curiosidade.

— Você se surpreenderia com meu potencial para encontrar beleza onde ninguém nem suspeita que há — respondeu ela com um sorriso, sentando-se no banco do mirante.

Respirei fundo, enchendo meus pulmões com esse momento, e me sentei ao seu lado. Pela primeira vez, eu não tinha pressa para a foto perfeita, mas, sim, para viver o momento.

Fechei os olhos e senti o vento no rosto. Imediatamente, as preocupações com o concurso de fotografia se dissiparam, e, embora a dor pela minha avó e por Danna seguisse ali, por esses segundos ela não estava me afetando.

— Quando você vai viajar? — Sara me perguntou. — Depois de amanhã é a festa que estou organizando para minha irmã. Você vai estar aqui?

— Como você sabe que eu vou viajar?

— No festival do vento, sua irmãzinha contou à minha — respondeu Sara e me pareceu estranho a forma como tudo se dispunha, e que a menina e a senhora que minha irmã encontrou na festa fossem a irmã e a mãe de Sara.

— Vou daqui a uns dias. Sim, eu vou à festa.

— Vai viajar para onde?

— Não faço ideia.

— Nick... Você vai fazer uma viagem e não sabe qual é o destino? Eu duvido — ela contestou, me olhando sem acreditar.

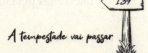

— Desde que eu tinha sete anos, minha avó me falava de uma viagem espiritual e de *uma página secreta* que ela havia conseguido em uma excursão na montanha. Quando ela encontrou essa página, estava com um namorado da juventude. Ele se chamava Raúl e juntos conseguiram uma caixa que continha vários mapas e o itinerário da viagem. Que não é como umas férias a algum lugar luxuoso, mas, sim, uma viagem de descobertas, algo mais espiritual — esclareci e continuei contando algo que nunca havia dito a ninguém. — O sonho da minha avó era fazer essa viagem com o Raúl e, como não pôde fazê-la, quando a história entre os dois terminou, eles não sabiam qual dos dois ficaria com a caixa e todas as instruções da viagem.

— E como solucionaram?

— Raúl disse que não fazia sentido viajar sem ela, e que nunca ia conseguir fazer essa viagem com outra pessoa, porque nunca mais se apaixonaria daquela maneira. Ele também disse que, ao contrário dele, ela tinha uma pessoa especial para viajar, e que por isso, ela devia ficar com a caixa.

— Essa pessoa era o seu avô?

— Não — esclareci e fiquei uns segundos em silêncio antes de acrescentar: — Essa pessoa era eu, e eu não fui capaz de arrumar um tempo para viajar com ela. Quando eu era pequeno, meu sonho era fazer dezoito anos, porque a ideia da minha avó era que fizéssemos a viagem quando eu completasse essa idade, mas eu cresci e vieram as desculpas, o trabalho, o futebol, e sempre havia algo mais. Depois, Danna chegou, e me disse que era coisa de criança, que a Página Perdida da Sabedoria nem era real.

— Eu acho que é mágico e romântico. E me parece que o Raúl foi uma boa pessoa por se desapegar de tudo, só para que sua avó pudesse fazer a viagem com você.

— Hoje me arrependo de ter adiado, sabe? No fundo, eu queria mesmo fazer a viagem. Desde pequeno, eu dormia imaginando essa viagem e as aventuras que faríamos juntos, e agora, vou sozinho.

— Talvez fosse uma viagem que você precisava fazer sozinho. Talvez, mesmo Raúl e sua avó tendo encontrado a caixa, ela sempre foi destinada a você. Não parece que ela buscou uma forma de ficar com você, inclusive depois da morte?

— Pensei nisso quando abri a caixa. Dentro dela havia vários envelopes, e em cada um deles o nome do destino, mapas e instruções para o caminho. Também havia folhas soltas com coisas escritas e cartas, algumas feitas pela minha avó, mas a maioria era as que ela e Raúl acharam

na montanha. Embora seja difícil não saber o que eu vou encontrar no caminho.

— Tudo bem, afinal, são nas encruzilhadas que encontramos os maiores tesouros. Inclusive, se você se perde, a própria perda pode ser uma revelação.

— Às vezes, você fala com a sabedoria de alguém que já esteve perto do abismo. Você parece ter tudo muito claro, e eu sou só um desastre que tenta encontrar o sentido da morte.

— E como você tem se saído com isso? — Ela sorriu. — Conseguir entender o significado da morte é como compor uma sinfonia que ressoe além da nossa existência física. É impossível.

Seus olhos se fundiram com os meus e encontrei neles essa faísca que impulsionava cada palavra pronunciada, e que a fazia ser diferente de qualquer pessoa que eu já havia conhecido.

— Ultimamente eu tenho me sentido perdido, mas entendo que a vida é curta, que somos somente instantes e que depende de nós que valha a pena.

— Eu sempre achei que, quando não sabemos qual é o nosso propósito, temos que ir em busca dele — respondeu Sara.

— E se não conseguirmos? — perguntei, e ela tirou meu cabelo do rosto, aproximando o rosto do meu.

— Durante a busca, você vai conhecer pessoas, lugares e viver coisas novas. Eu sempre achei que o propósito está no ato em si de buscar e em tudo o que aprendemos no processo.

— Então me alegra que a busca pelo meu propósito me levou a você — eu lhe disse, aproximando-me mais até que nossos lábios estivessem a poucos centímetros de distância e, deixando toda a timidez de lado, decidi ser sincero. — Não importa que tenha sido tarde, que você esteja com outra pessoa ou que nós tenhamos nos encontrado na hora errada. Hoje eu brindo porque minha viagem começou com você no instante em que te conheci. Eu brindo porque, apesar de me sentir destroçado, cada lição é uma página de minha história, e eu achava que eu era um merda, até que em um dos capítulos, você apareceu e, sendo honesto, o que eu desejo é que, quando eu voltar de viagem, você siga fazendo parte de cada página da minha vida.

As palavras saíram sem filtro, meus olhos continuavam presos nos dela, e minha mão atuou por impulso, circulando sua cintura.

— Vamos brindar à vida — disparou Sara.

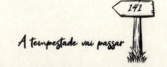

— E à morte — respondi.

— E à intrépida busca do significado — acrescentou ela, dando um gole d´água e depois me entregando sua garrafa.

— Que a nossa viagem pela existência seja tão memorável quanto o último ato de uma obra-prima. — Bebi da garrafa de água e continuei encarando-a, perdendo-me de novo em seus olhos cor de mel que, com a luz, revelavam tons esverdeados.

— Vamos brindar para que, quando você retornar da viagem, nos reencontremos e nossa amizade possa crescer — soltou Sara, bebendo o último gole da garrafa de água, enquanto afastava minha mão do seu corpo.

Não consegui evitar. Eu a trouxe até o meu corpo porque minha alma me pedia. Porque, mesmo sabendo que ela estava com outra pessoa, eu precisava desse abraço. Ela não se afastou. Ficamos abraçados até que seu celular começou a vibrar e precisei me afastar um pouco para ela atender a chamada.

Minutos depois, estávamos na moto, voltando para casa, e ela se despediu com indiferença, me deixando confuso. Mas nesse instante confirmei uma grande verdade.

Os momentos bonitos são como vaga-lumes fugazes, que deixam impregnado em nós o rastro do seu brilho, mas no fim acabam indo embora de forma abrupta, deixando dúvida se esse instante tão mágico foi mesmo real.

DE MIM, PARA MIM

Mais um dia pensando em você

Eu te encontrei para aprender a ser paciente.
Para querer te buscar em outra vida.
Para me lembrar que nem sempre
posso ter o que eu quero.

Eu te encontrei para sentir
a eternidade na brevidade.

E não me interessa se, por ora,
não possamos ser.
Continuo te amando,
mesmo que você não caminhe comigo
pelas ruas do amanhã.

E estou te amando,
mesmo que essa noite
não seja eu quem te diga
que você é linda.
Que o sol sinta ciúmes
porque você ilumina cada canto
por onde passa.

Como folhas
de um outono sem fim,
assim vai crescendo
esse amor rebelde
que eu sinto por você.

ALGUÉM NO CÉU ESTÁ CUIDANDO DE VOCÊ

Sei que você está sofrendo, sei que sente que perdeu quem amava e que às vezes você não quer continuar, mas se ler isso é porque é necessário que saiba que a pessoa continua ali, que ela está cuidando de você. Ela está orgulhosa de ter te conhecido e vocês vão voltar a se ver. Ela partiu em uma viagem para um lugar melhor e está descansando, mas também sente sua falta.

O maior presente para ela é que você seja feliz, que seja fiel a você mesmo e que não desista. Que sorria pelo que viveram e guarde os momentos juntos dentro do coração até que chegue a hora de voltarem a se ver.

A você que se tornou eterna:

Mesmo que já não esteja comigo fisicamente, meu amor segue intacto. Não posso mentir, sinto saudade da sua presença, dos seus abraços, do seu amor, mas sinto que você segue ao meu lado, me guiando e me protegendo além da existência terrena.

Às vezes fecho os olhos e consigo sentir o seu amor, me lembrando de que, apesar da separação, nosso vínculo segue intacto.

Continuo falando com você em silêncio, como se as minhas palavras pudessem tocar no céu, e sinto que você está me escutando.

Sua partida me ensinou a valorizar cada instante. Você me lembrou da fragilidade da vida e da importância de expressar amor.

Sinto saudade de você e sempre lhe serei grato. Obrigado por me ensinar o que significa amar incondicionalmente!

P.S.: Até que voltemos a nos encontrar, vou te manter nos meus pensamentos e no meu coração.

O vento fortalece a árvore
no meio da tempestade.
O mesmo acontece
com os problemas,
deles vêm a superação.

A adversidade que você enfrenta
vai se converter na sua motivação
para recomeçar,
para entender que você sempre
foi destinado a
GRANDES CONQUISTAS.

MINHA AVÓ SEMPRE DIZIA:

DEUS DESFAZ SEUS PLANOS QUANDO ELES
ESTÃO A PONTO DE TE PREJUDICAR.
E, MUITAS VEZES, O QUE VOCÊ ACHA QUE É
FRACASSO, MAIS SE TRATA
DE UMA INTERVENÇÃO MÁGICA
QUE TE GUIA ATÉ UM DESTINO MAIS
SIGNIFICATIVO E MUITO MELHOR.

De: Mim
Para: O amor que se foi

Depois da sua partida, tentei te procurar nos pores do sol, nas músicas de que você tanto gostava, nos cafés da tarde e nas viagens de carro quando você olhava pela janela e sorria, surpresa ao observar as nuvens.

A viagem continua e sigo sentindo saudades suas. Dói caminhar pelas mesmas ruas por onde passeávamos juntos e ver pores do sol sabendo que nunca mais vamos ter essas conversas.

Alguns dias estou bem, em outros nem mesmo me encontro, mas continuo aqui, escrevendo para você como se você pudesse ler, e te dizendo que, mesmo sabendo que o fim era a única certeza, eu voltaria a viver cada momento ao seu lado, mesmo sabendo que você me diria adeus.

HÁ CONEXÕES QUE JAMAIS TERMINAM. A "ETERNIDADE" NÃO SIGNIFICA ESTAR SEMPRE JUNTOS, MAS, SIM, DEIXAR SUA MARCA.

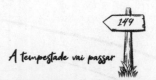

UM DIA VOCÊ DECIDIU
PROCURAR EM VOCÊ MESMO
O QUE ANTES PROCURAVA
QUE OUTRA PESSOA TE DESSE.

DESDE ENTÃO,
VOCÊ NÃO ESPERA POR NINGUÉM
NEM INSISTE ONDE
NÃO DEMONSTRAM INTERESSE POR VOCÊ.

De: mim.
Para: mim

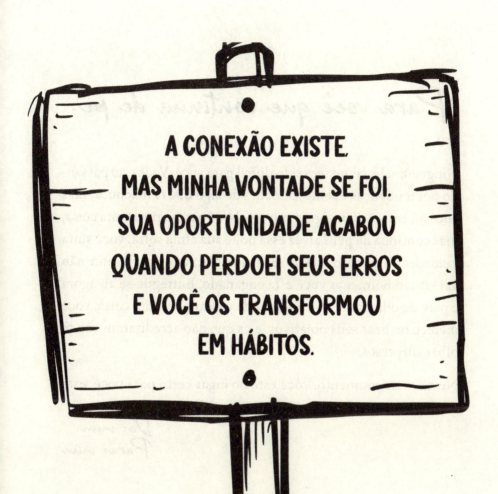

Para você que continua de pé:

Ninguém sabe como tem sido difícil para você. Você está passando por mudanças e sente saudades de algo que te machuca, mas você foi embora por algum motivo. Você passou por muita coisa, mas continua de pé. Talvez essa noite sua alma sofra, você sinta saudades do que não está do seu lado e sinta que seu presente não vai ser tão bom, mas você está enganado. Entregue-se ao agora e pare de olhar para trás. Depois de passar por tanta coisa, você merece realizar seus objetivos, e os que não acreditaram vão te olhar surpresos.

Neste exato momento, você está no lugar certo para você, está no momento perfeito, e só precisa enxergá-lo.

De: mim.
Para: mim

A você que entregou tudo:

Mesmo que tenham te retribuído mal, o que você deu voltará multiplicado. Você deu tudo, e não merecia a forma como foi tratado, mas não se arrependa. Deus vai tratar de colocar as coisas no lugar. Apenas lembre-se de que é corajoso perdoar alguém que nem mesmo foi capaz de se desculpar.

A tempestade vai passar

VOCÊ COLHE O QUE PLANTA – NICK Z.
Dia 25 de viagem

No meio do meu caminho para o destino seguinte, cruzei com um agricultor que observava atentamente seu campo desprovido de frutas. Não sei o que fez com que eu quisesse me aproximar, mas eu quis oferecer ajuda. Sua colheita havia fracassado e achei que ele precisava de ajuda.

— Existe algo que eu possa fazer pelo senhor? — perguntei, ficando ao seu lado para observar o campo vazio. — Não tenho muito dinheiro, mas tenho o suficiente para que a sua família e o senhor possam comprar comida e se sustentar por algumas semanas, talvez um mês — me arrisquei a dizer.

Eu não queria que ele achasse que eu estava sentindo pena, mas ao longe, na sua casa, havia uma senhora com um bebê nos braços, que supus ser sua filha. Pensei em tantas coisas. Como ele conseguiria sustentar a família? O que comeriam? Muitas perguntas viajaram pela minha mente em menos de um minuto, até que o agricultor falou:

— Admiro sua capacidade de pensar nos outros, inclusive quando não sobram os recursos. Você quer ajudar porque viu a derrota do outro, e isso o fará ter uma fila de oportunidades na sua vida batendo à sua porta, mas não preciso que me ajude, apesar de minha família e eu agradecermos profundamente sua intenção.

— Tem certeza? — perguntei. Ele confirmou enquanto ajeitava o chapéu e me oferecia um sorriso amável, despreocupado e cheio de paz. — Você não se sente frustrado? — eu quis saber. O agricultor negou com a cabeça e começou a caminhar, me convidando a segui-lo.

— Permita-me contar a história desse campo. É um grande aprendizado que eu sempre quis compartilhar com alguém, mas ninguém se aproxima de mim há muito tempo. Os viajantes passam por essa estrada para seguir seu caminho até as outras cidades há anos, mas quando veem que minha colheita não deu frutos, eles mantêm distância por medo de que eu peça dinheiro. Você, ao contrário, não só se aproximou, como me ofereceu ajuda. Podendo ir embora ao me ver derrotado, você preferiu me estender a mão — disse ele, enquanto diminuía o passo junto a uma árvore centenária, sentando-se sob ela.

— Quer dizer que a colheita do senhor nunca deu frutos?

— Depende da colheita, e não precisa me chamar de senhor, porque, a partir de hoje, seremos grandes amigos. Você ter parado para me ajudar me devolveu a esperança nas pessoas, algo que eu já tinha perdido. Por isso, quero te contar a lenda dessa árvore.

Eu não soube o que responder e fiquei observando. Ele vestia roupa limpa e de boa qualidade. Não tinha as mãos sujas de terra, tampouco parecia sujo ou desnutrido. Sua constituição era forte e sua atitude repleta de segurança em cada palavra que pronunciava.

— Anos atrás, essa árvore enfrentou o doloroso processo de germinar e de colocar raízes. Durante o crescimento, ela sentiu dor, mas insistiu em silêncio, aguentando o que implicava se transformar. Depois de um tempo, finalmente tinha superado as adversidades e viveu o resto da vida em profunda paz — explicou o agricultor, apontando para o campo vazio que havíamos deixado para trás e continuou: — Assim como aconteceu com a árvore, também acontece com a vida. Há inconvenientes, mas é preciso viver o processo. Não tenho medo de ter perdido a colheita, é só um problema, e os problemas se resolvem, mas, se ficamos imóveis, então, como vamos tomar as precauções para a próxima semeadura da vida?

O agricultor, sem esperar minha resposta, levantou-se de sob a árvore e me guiou até contornar o lago que havia em suas terras. Caminhamos em silêncio durante vários minutos, até que ele olhou para mim e, com um sorriso radiante, começou a falar:

— Há muitos anos, eu fui como essa árvore. Estive a ponto de me dar por vencido. Minha esposa e eu dependíamos da terra, essa que se negava a dar frutos. Antes, os viajantes paravam e me pediam comida para sua viagem. Nós dávamos provisões a todos para que pudessem suportar as longas horas de caminhada. Eles me tratavam com carinho e se gabavam de ser meus amigos. Emprestei dinheiro a muitos, ou presenteei com sementes. Eu era o agricultor mais querido dessa cidade e me sentia feliz por ter amigos que acreditava serem como uma família, até que a praga chegou e começaram a me chamar de agricultor *maldito*.

— Seus amigos? — perguntei.

— Eles queriam os frutos da minha colheita, mas não na hora de semear. E quando minha colheita cessou, eles desapareceram. Sofri muito até que entendi que a crise me fazia um favor: estava abrindo os meus olhos.

— Ninguém ofereceu ajuda?

— Você é o primeiro que para aqui em uma década, e sempre terá um lugar na minha mesa. Quanto a eles, a vida me libertou de falsas amizades e me deu a maior colheita já vista, não só nesse povoado, mas na cidade.

— Me desculpe, é uma metáfora? — perguntei sem querer ser grosseiro, mas sua colheita era um campo devastado de terra contaminada, suponho que pela praga.

Ele continuou caminhando sem me responder, e eu o segui, esperando uma palavra, porém, o agricultor sorriu enquanto atravessávamos uma ponte, e só quando terminamos de cruzá-la ele quebrou o silêncio.

— Minhas colheitas seguiram não dando certo, e eu tive que trabalhar em outras coisas para levar dinheiro para casa. Eu quase não dormia e estava exausto, mas não desisti. No escasso tempo livre que eu tinha, decidi me aventurar em novas terras e com novos métodos para tratá-la. Não foi fácil, e depois de inúmeras tentativas..., o impossível se tornou realidade: meus campos estão repletos de frutos e eu sou um homem rico. — O agricultor estendeu a mão, apontando para o horizonte e me mostrando um campo com tons quentes e dourados, que era o resultado da opulência e se estendia diante do meu espanto.

Eram quilômetros de terras desdobrando-se como um tapete colorido, com fileiras de lavouras estendendo-se harmoniosamente. Campos de trigo dançavam ao vento, enquanto, mais adiante, os milharais erguiam seus talos aos céus de forma impressionante.

Continuamos a andar e me surpreendi ao encontrar pomares repletos de árvores frutíferas, cujos galhos se dobravam com o peso de maçãs, peras e pêssegos.

As videiras, tal qual trepadeiras de esmeraldas, cobriam vastas extensões do terreno, prometendo o néctar da uva que logo se transformaria em vinho.

No centro do que me pareceu o paraíso, elevava-se um mar de campos de trigo, como uma onda dourada prestes a se romper na beira da riqueza. Os grãos, pesados e cheios, pareciam desafiar as leis da natureza, e fiquei boquiaberto diante de tal magnitude e me senti ridículo por imaginar que o agricultor precisava de minha ajuda.

— Essas lavouras, estimado amigo, são fruto da persistência, da fé e da paciência. Aqui, a colheita não só é uma fonte de riqueza, mas também um tributo à conexão entre o homem e a terra. Porém, não quero mais os falsos amigos. Por isso, ainda mantenho meu terreno infértil, que no final também é uma grande colheita. Porque ali semeei a confiança em mim mesmo. Ali entendi que nem tudo o que reluz é ouro, e que, graças ao fracasso, conheci a verdade das pessoas a quem entreguei tudo. Mantenho meus frutos ocultos por trás dessas terras que ninguém quer conhecer porque pensam que são malditas. No final, eles veem apenas o exterior. Eles creem que fracassei e prefiro que seja assim. Pois, meu amigo, em um mundo que vive das aparências, é melhor ficarmos longe dos que só cobiçam o que temos e não são verdadeiros amigos. A única coisa que eu pedia era encontrar alguém, e Deus me concedeu esse pedido. Você apareceu.

— Encontrar alguém para quê? — perguntei, um tanto surpreso.

— Para contar a lenda da árvore, que não é mais do que a lenda da vida, da persistência e do propósito secreto. Eu precisava de alguém de bom coração para compartilhar parte das minhas riquezas. A lenda da árvore diz que somente aqueles que enfrentam a adversidade e persistem merecem a verdadeira recompensa, e entre todos, durante vários anos, você foi o primeiro que, mesmo com poucos recursos materiais, teve muito no seu coração para se aproximar e oferecer ajuda a um pobre agricultor desesperado. Agora sou eu que quero celebrar sua ajuda.

— Não posso aceitar, mas agradeço sua bondade. Se eu o ajudei, não foi para receber algo em troca, mas os seus campos são impressionantes para mantê-los escondidos só porque te decepcionaram. Talvez seja hora de contar ao mundo o que você tem para oferecer, em vez de manter você e sua família afastados da sociedade, por medo do que lhe fizeram. Me desculpe a intromissão, mas sinto que não se trata de deixar de gostar porque falharam conosco, mas, sim, de saber escolher a quem damos oportunidade de entrar em nossa vida. A partir de agora, tenho certeza de que você vai saber discernir entre quem gosta de vocês de verdade e quem só almeja a sua riqueza — eu disse a ele, estendendo a mão, disposto a ir embora quando vi que minhas palavras o haviam desconcertado.

Seus olhos se inundaram de lágrimas, mas ele conseguiu se conter.

— Eu pensei que te daria um grande aprendizado, e foi você, viajante, que acabou de mudar minha perspectiva da vida com essa lição que me deu. Me permita a honra de um jantar.

Essa noite, jantei com sua família e trocamos nossos números de telefone. Ele não tinha só uma filha pequena, tinha outros oito filhos maiores que o ajudavam com as terras; todos amáveis e brilhantes. Passei a noite no quarto de hóspedes e, na manhã seguinte, quando eu estava prestes a ir embora, ele me lembrou:

— Quando você quiser desistir, lembre-se de que meu campo cheio de frutos é o resultado de persistir quando a colheita parece não semear. Você me ajudou a acreditar de novo nas pessoas, e eu espero que quando você se lembrar de mim, saiba que, se insistimos, a derrota inicial pode nos conduzir à maior das vitórias.

Não subestime o poder de uma pequena semente, nela reside o potencial de um bosque.

Tudo chega no momento certo,
como o amanhecer
depois da noite mais escura.

Cada coisa tem seu tempo.
Cada mudança te leva
a um destino melhor.

O que é para você, vai ficar.
O que não é, vai terminar. Contudo,
quando as portas se fecham,
o universo conspira para trazer
algo muito melhor.

De: Mim
Para: Mim
A tempestade vai passar

Querido viajante,

Ao longo da sua vida, você vai conhecer pessoas, vai viver histórias, e algumas dessas histórias vão durar pouco. Outras, vão ser tão fugazes quanto, mas, mesmo que terminem, vão buscar uma forma de construir uma casa no seu coração. O importante é estimar sem prender e amar livremente. Você está se aproximando do grande mestre e é necessário que saiba que não é mérito que, por vê-lo, ele vá sucumbir à necessidade de te contar o segredo da sabedoria. Lembre-se de que, se você não estiver preparado, mesmo que o conhecimento esteja na sua frente, você não vai conseguir chegar nele.

Meu conselho é que livre-se dos julgamentos que culminam sua mente, porque, para alcançar a sabedoria, devemos nos libertar das críticas. Quem vive de julgamentos não consegue se elevar espiritualmente, porque em meio à sua falsa crença de superioridade, enfraquece o próprio espírito.

É importante que você vá além de qualquer limite mental, e que saiba que depende de você que o jardim da sua mente seja um lugar seguro. Quantas vezes você disse a si mesmo que não conseguia? Quantas vezes duvidou de si mesmo ou do que podia alcançar? Quantas vezes se entristeceu pelo que te falta, em vez de valorizar o que tem? Você tem talentos ocultos e pode se transformar em alguém melhor do que alguma vez sonhou ser. Tenha paciência, mas não se acomode. Não fique inerte. Respire, agradeça e seja constante no seu trabalho de evolução interior. Todos os dias cultive o jardim que há dentro de você, não tome nada por garantido nem leve nada para o pessoal e valorize o presente. Aprenda a se amar e não se negue nada, porque o universo escuta. Pratique a arte da visualização. Deseje alto e se apaixone por cada parte do seu ser.

LEMBRE-SE: A viagem continua e é hora de se livrar das crenças limitantes, de saber que as crises existem e que o importante é gerenciá-las sem que te paralisem e te destruam.

DESTINO 4
PERDENDO O MEDO DE PERDER

A PARTIR DE HOJE:

SE ME DECEPCIONAM, EU COMPREENDO E ME AFASTO.
SE FRACASSO, APRENDO E VOU DE NOVO.
SIGO EM FRENTE SEM ME VITIMIZAR.
TOMO AS DECISÕES DA MINHA VIDA
E TENHO CONTROLE DO MEU DESTINO.
SE ERRO, PEÇO DESCULPAS E ME REDIMO.
SE FALHO, ME PERDOO E APRENDO,
PORQUE É DISSO QUE SE TRATA A VIDA.
TUDO É UM APRENDIZADO.

AMORES TARDIOS – NICK ZETA.
Dia 28 de viagem

Às seis da tarde, cheguei a um povoado cercado de casas pequenas e com vários hotéis. Os turistas iam para praticar esqui e relaxar nas montanhas, mas eu ia me guiando pelo meu mapa, que marcava em vermelho o hotel onde eu devia me hospedar.

Dentro da caixa de viagem onde estavam os mapas e *a Página Perdida da Sabedoria*, também havia um envelope com uma instrução:

Entregue-o à pessoa correta. Quando chegar o momento, eu confio que você saberá quem é.

— Quarto 11 — disse o amável senhor idoso encarregado da minha recepção. — A partir das nove começa o solo de piano no bar, e o jantar é servido das oito às nove e meia. Bem-vindo ao hotel Flor de Lótus, que sua estada conosco lhe traga o descanso e a tranquilidade de que precisa.

— Muito obrigado — respondi, e segui rumo ao meu quarto.

Uma vez no cômodo, não parei de pensar no envelope e fiquei tentado a abri-lo, mas me contive. Decidi tomar um banho e me deitei para descansar, mas acabei dormindo. Fazia dias que eu não dormia com tanto conforto, e quase perdi o jantar por acordar três horas depois.

Eram 21h14 quando me apressei a descer direto para o bar, com a barriga roncando de fome.

Quando entrei na sala de jantar, tudo estava iluminado por velas. Eram cerca de cem velas situadas nas mesas e janelas, propiciando um ambiente suave, acolhido pela penumbra e pela música. O mesmo senhor da recepção, com cabelos grisalhos e olhos azuis, arrancava notas melódicas do piano, que pareciam sussurrar segredos do passado. Seus dedos se moviam com uma graça que me pareceu sublime. Era como se, com cada tecla, ele respondesse a histórias impossíveis, envolvendo-as em um feitiço encantador.

Eu me sentei para comer, desfrutando da música, mas minha mesa estava suficientemente perto para notar que o senhor chorava. Ele tocava com sentimento, e cada nota estava impregnada de uma tristeza que se infiltrava em todos os cantos do bar, enquanto os demais, absortos na execução sublime, paravam suas conversas para se deixar levar pela sinfonia que fluía dessa alma velha repleta de nostalgia e sofrimento.

Seu rosto, marcado pelos sulcos do tempo, encheu-se de lágrimas, e eu senti que conhecia sua dor, ou que ele conhecia a minha, e podíamos compartilhá-la através da música.

Acabei de jantar, mas não me levantei. Nem mesmo me dei conta de que o tempo continuava passando. De repente, percebi que só nós havíamos sobrado. Ele havia tocado por mais de uma hora, e seus olhos seguiam fixos nas teclas, como se buscasse algo perdido no eco de cada acorde. A música fluía como um rio que leva consigo a tristeza e a profundidade de alguém que precisa tirar de dentro o que está lhe fazendo mal.

Fiquei lá até a última nota desaparecer no ar, e o senhor, com um suspiro contido, fechou os olhos, deixando cair suas lágrimas como se deixasse para trás um pedaço da própria história.

O silêncio se apoderou do salão. Nenhum de nós pronunciou qualquer palavra nos segundos que pareceram intermináveis, e era como se as nossas tristezas fizessem música com o silêncio.

— É verdade que a música é como o eco dos suspiros da alma? — O senhor foi o primeiro a romper o silêncio, ele se levantou do banco do piano para se dirigir à minha mesa e se sentar comigo.

— Para falar a verdade, eu nunca tinha escutado nada tão emocionante. O senhor tem um grande talento.

— Cada nota é uma página da minha vida. Cada uma delas é a expressão do amor que vai além dos limites do tempo, e que por partes iguais se transforma em alegria e em condenação.

— A que o senhor está se referindo? — perguntei e ele tomou um tempo para servir mais vinho na minha taça.

— Hoje estou me despedindo do grande e eterno amor da minha vida. A mulher que eu mais amei.

— Por que o senhor está se despedindo de quem ama? — perguntei de novo.

— Porque a morte tocou na porta para me dizer a verdade de forma cruel: ela nunca voltou para mim.

— Mas está em tempo de o senhor buscá-la — eu o encorajei. — Há pouco tempo me disseram que nunca é tarde para o que é importante.

— Você estar aqui, rapaz, é o que faz com que minhas lágrimas saiam e eu sinta um vazio no meu coração.

— E quem sou eu para ter esse poder? Acabei de conhecer o senhor.

— Você estar aqui significa que a mulher que eu amo morreu — garantiu o senhor, que parecia ter bebido além da conta.

— O senhor está me confundindo com outra pessoa, mas eu preciso ir embora. Que tenha uma noite feliz. — Eu me levantei da mesa.

— Se você está aqui, é porque Aurora te entregou *a Página Perdida* e a caixa que conseguimos juntos. Ter vindo sem ela significa que ela faleceu. Do contrário, ela cumpriria sua palavra. Ela prometeu fazer a viagem com você e incluir meu endereço para um último encontro. Mas ela não está aqui. Não veio, porque está em outro plano, e você... está fazendo *a grande viagem.*

Fiquei sério, tentando unir os pontos e tudo fez sentido: *a caixa, os envelopes, as cartas, o mapa com o endereço do hotel. A viagem que seria deles, agora era minha.*

Era Raúl.

O grande amor da minha avó.

— Existem amores que chegam tarde, como a primavera que não pôde encontrar o inverno, mas mesmo assim o amou.

— Raúl...

— Sim. — Ele respirou fundo, como se tentasse conseguir as palavras. — Meu nome é Raúl, e sou o que chegou tarde.

— E o que se faz quando se chega tarde?

— Celebra-se o amor à distância, nos suspiros perdidos, nas músicas que ressoam na memória. Mesmo que as mãos não possam se tocar, os corações permanecem entrelaçados.

— Se os dois se amavam, por que renunciaram à felicidade?

— O casamento dela foi arranjando pelos pais. Quando eu a conheci, ela já tinha uma filha. Não amava o marido, mas sabia que, se corresse o risco, podia perder tudo. E eu não falo de dinheiro, mas da filha. Nós nos apaixonamos profundamente, mas o medo ganhou a batalha. Até que, depois de muito tempo, ela decidiu se separar. Afinal, poderíamos compartilhar uma vida juntos.

— E o que aconteceu?

— Você nasceu e sua mãe não pôde cuidar de você; era jovem. Assim, Aurora tomou a decisão que acreditava ser a correta: cuidar de você.

Eu não soube o que dizer, mas me lembrei das surras que meu avô dava nela, dos gritos, e de tudo o que ela precisou suportar para poder me dar estabilidade. Apesar do próprio sofrimento, ela se preocupou que eu tivesse uma infância feliz, cheia de amor.

— Você ficou magoado porque ela não ficou com você?

— Eu nunca poderia me magoar. Ela me ensinou a tocar as notas de um amor postergado. Uma sinfonia em que os acordes são doces, mas a partitura desaparece no que quisemos e não pudemos ter. Ela sempre será essa musa esquiva que se perdeu nos desdobramentos do tempo. Não posso julgá-la, e menos ainda por ter sido uma ótima mãe. Ela tomou a decisão certa, e a prova é você. Assim, nós dois decidimos que a dança da vida continuaria sem nós, mas o nosso amor nunca parou de dançar.

— O senhor não se arrepende de não de ter feito mais?

— O arrependimento é um prato habitual da mesa das recordações, mas o amor verdadeiro, inclusive o que chega tarde, é um banquete que só conhecemos quando nos atrevemos a degustá-lo. Nossa história juntos durou o suficiente para se tornar inesquecível.

— Depois dela, o senhor se apaixonou de novo?

— Não me apaixonei de novo, porque nunca deixei de estar apaixonado. Nosso amor foi como encontrar o sentimento mais bonito do mundo. Mesmo não podendo manter contato, nosso amor nunca acabou, rapaz. Ela tomou a decisão certa e agora eu entendo que você se tornou o seu tesouro.

— Não sente ciúmes do meu avô?

— Seu avô teve ao lado dele a estrela mais brilhante e, em vez de deixar que ela iluminasse sua alma, durante todos os dias ele tentou apagá-la e não conseguiu. Eu jamais poderia sentir ciúmes dele.

— Tenho algo para o senhor — eu disse mudando o rumo da conversa, porque suas palavras me perturbavam.

Meu avô a menosprezou a vida inteira. Ele não a merecia. Ele a tratava como se ela fosse insignificante.

Pedi a Raúl que esperasse e subi rápido ao meu quarto para buscar o envelope. Quando cheguei, ele o abriu na minha frente e leu a primeira carta, porque dentro desse envelope havia várias cartas escritas à mão pela minha avó.

As lágrimas foram enfeitando um rosto marcado pelo passar dos anos. Nesse instante, eu desejei que ele tivesse sido meu avô. Desejei ter vivido minha vida com um homem nobre, mas, sobretudo, com alguém capaz de ter feito minha avó feliz e tratá-la como ela merecia.

— Às vezes o amor exige a graça da renúncia, e a elegância de desejar o bem-estar do ser amado, inclusive quando não podemos ser nós mesmos os arquitetos da sua felicidade. O tempo é curto quando se ama, e eu vou esperar todas as vidas necessárias até que, por fim, a hora chegue. Ela merece qualquer espera — foi o que ele disse, antes de estender a mão. — Quando encontrar o mestre, lembre-se de esvaziar seus pensamentos predispostos e se deixar guiar pela nobreza do seu coração, rapaz. Foi um grande prazer te conhecer. Você parece com ela. Tem seus olhos e pressinto que também herdou sua bondade. Aurora fez um grande trabalho ao te criar, e eu garanto que ela está conosco essa noite, sorrindo por esse encontro e feliz de que tenha sido você quem seguiu as pistas dessa viagem que faríamos juntos. Não fique triste. Eu garanto que, desde o início, quando o monge nos encontrou na montanha e nos deu a caixa, desde aquele dia, sempre esteve escrito nas estrelas que, anos mais tarde, um rapaz com alma pura faria a viagem e investigaria profundamente até gravar nas rochas o segredo da sabedoria.

O que eu sempre quis te dizer

Você me ensinou que algumas oportunidades não aparecem duas vezes, e sinto muito não ter sido suficientemente corajosa para te dizer o que sempre senti no mais profundo do meu ser: Te amei com a intensidade de mil sóis.

Te peço perdão por não ter sido corajosa, por não haver arriscado o conforto da rotina pela possibilidade de uma vida compartilhada. Tive medo. Me assustou a possibilidade de perder a minha filha, até que entendi que há guerras que são necessárias pelo valor da recompensa. Entendi tarde e decepcionei a nós dois.

Me lembro como se fosse ontem daquela tarde de junho. Com as malas feitas, esperei pelo momento de ir ficar com você. Eu não levava muita coisa, porque com você eu já tinha tudo. Também não dei muitas explicações. Eu disse a verdade: que ia embora, porque não era feliz do lado dele, porque ele jamais conseguiu falar a linguagem do meu coração. Eu ia embora porque minha alma precisava seguir o caminho que seus desejos ansiavam, e esse caminho era você.

Às seis da tarde, minha filha chegou. Tinha acabado de completar apenas dezenove anos. Seu rosto estava machucado. O nariz ainda respingava gotas de sangue que salpicavam no tapete branco da sala. Os olhos estavam vermelhos e as bochechas machucadas, assim como o lábio inferior, que tinha um corte.

— Estou grávida — ela me disse, tapando o rosto. — Me desculpe. O papai quer que eu aborte. Me perdoe. Ele me bateu.

— Eu juro que ele nunca mais vai tocar em você, e seu filho vai nascer, sim — eu disse, beijando as feridas dela, tomada pelo desespero. — Vamos embora para longe.

— Não posso ir com você, mãe. Não quero sair de casa, me mudar para longe. Minha vida está aqui e eu não vou deixá-la, não posso.

Suas palavras foram como facas na minha alma, porque significavam que minha vida ao seu lado não seria uma realidade.

Essa tarde eu o enfrentei, disse-lhe que ela não ia abortar, que eu a ajudaria a criar o bebê. Brigamos, gritamos e eu bati nele com toda força acumulada, saindo do controle, e não me arrependo, porque ele nunca mais a agrediu.

Eu devia ter levado minha filha mesmo à força, e só quero que você saiba que eu nunca deixei de te amar. Nessas cartas estão meus sentimentos daqueles dias quando eu quis te escrever, mas não seria justo. Você merecia conseguir sua felicidade com alguém que estivesse à altura do seu coração, e que pudesse ficar, Raúl.

A noite da nossa despedida

Nessa noite, cada passo que dei em direção ao cais estava carregado de erros, Raúl. Nem sei se algum dia vou poder lhe entregar essas cartas, mas uma parte de mim tem a esperança de que possamos viver juntos. Você me aninhou nos seus braços e eu desvaneci, chorando pela perda. Chorando pelas noites que não viveríamos, pela felicidade que estava escapando entre os meus dedos. Pelo medo de abandonar minha filha e esse futuro bebê que eu já amava. Pelo qual eu estava renunciando a nós. Havia outras soluções, mas o medo de deixar minha filha com o monstro que era o pai dela me impediu de perceber que eu estava me abandonando por medo do futuro. Por medo de que ele pudesse tirar eles de mim, fazendo uso dos seus contatos e do seu poder. Eu devia ter sido corajosa. Devia ter lutado por você. Devia ter ido com você e levá-la à força, mas não fiz isso.

— Eu vou estar te esperando, Aurora. Meu amor não tem data de validade e não coloca condições. Meu amor é paciente e te apoia quando você não consegue, como agora mesmo que eu não preciso que você diga uma palavra para saber que não virá. Meu amor te ama, mesmo que você não o ame de volta.

— Eu te amo, mas... — tentei explicar no meio do meu choro, e as palavras saíam com dificuldade. O nó na minha garganta estava levando tudo embora, e eu nem consegui contar o que estava acontecendo.

— Não é necessário que você diga mais nada. Eu entendo que, mesmo que me ame, não é suficiente. Entendo que você também o ame.

— Não... — tentei dizer, e você me abraçou com mais força, secou minhas lágrimas e me puxou para mais perto do seu corpo com doçura.

As ondas se chocavam contra o cais, o mar estava tão revolto quanto o meu coração, e você derramou umas lágrimas, mas se manteve firme. Você foi forte pelos dois.

— Desde que te conheci, você criou melodias em um mundo que estava ensurdecido e apático. Você me presenteou com horas que valem mais do que uma eternidade. Eu sabia que você estava com alguém, e fui eu quem se arriscou. E faria de novo. Voltaria a viver a nossa história, mesmo você não me escolhendo. Mesmo você ficando no conforto de um amor por hábito. Eu sempre te escolheria de novo. O tempo ao seu lado me tornou imortal em um mundo onde eu era estrangeiro e, agora, eu vou viver o meu sonho. Comprei a pousada e dei o nome de Flor de Lótus em sua homenagem. Porque, apesar de enfrentar condições desafiadoras, você demonstra sua capacidade de se elevar por cima da água, demonstrando força e resiliência. Você é equilíbrio em meio ao caos, Aurora.

Eu te abracei com força, querendo que esse momento nunca terminasse, e me lembrei daquela manhã, quando você me levou a um lago cheio de flores de lótus e me disse: "Eu te trouxe aqui, porque é isso que você é para mim. Você é uma flor de lótus, porque, como elas, cresce no meio da lama, com pessoas que te machucam, que te menosprezam, que não valorizam o que você faz todos os dias, e só ressaltam os pontos negativos. Você vive com alguém que não escolheu, porém, mesmo assim, igual a essas flores, apesar de crescer na lama, suas pétalas não se contaminam. Sabe por quê? Porque você tem um coração bondoso, que pensa mais nos outros do que em si mesma. Você é pura de alma e eu quero ser a pessoa que está ao seu lado, te lembrando que você é bonita por tudo o que os outros não te lembraram".

— Minha filha está grávida e eu não posso abandoná-la, Raúl. Ela não está pronta e o Lorenzo quer que ela aborte — eu disse, voltando das minhas lembranças. — Eu amo só você. Eu te amo com cada parte da minha alma.

Essa noite eu te expliquei meus motivos e ficamos juntos até o amanhecer. Ambos queríamos contrariar a despedida. Nós nos amamos durante horas, lembrando-nos de vez em quando que nosso amor seria eterno, até que chegou sua hora de partir.

Nesse dia, você me entregou a caixa da viagem e disse:

— Você já sabe onde me encontrar. Vou estar te esperando. Sei que essa viagem vai te ajudar a entender que as adversidades não definem seu futuro. Enquanto não está comigo, quero que se lembre de que sua grandeza não está determinada pelo entorno, mas pela resistência e graça com que você enfrenta os desafios. Você vai criar um grande ser humano. Esse bebê é sortudo, e algo me diz que, quando chegar o momento, você dois vão fazer essa viagem juntos. Que haverá outra pessoinha que vai te lembrar que a sua beleza se encontra no mais profundo do seu ser. Tenho certeza de que essa pessoa te fará feliz. E eu…Eu vou te amar por toda a minha vida, Aurora.

Raúl, se você ler isto, só quero que saiba que sempre será eterno. Que, inclusive, quando eu tiver que ir embora desse mundo, também vou seguir te amando.

Amor imortal

Minha alma quer a sua,
sem importar o impossível,
sem tentar que você fique,
e mesmo sabendo que a única certeza
é que o nosso amor não vai acontecer.

Você transformou o fugaz em eterno
e me ensinou que os sonhos
se tornam realidade.

A distância não ganhou a batalha
porque há muito tempo vencemos o esquecimento,
e nem o tempo nem as circunstâncias
vão nos fazer renunciar.

Você colocou sua assinatura na minha alma,
e mesmo que nessa vida
não possamos ficar juntos...
Esse amor imortal
vai te ansiar nos silêncios,
vai te admirar nas sombras,
e, mesmo que eu parta desse plano,
jamais morrerá.

A flor de lótus
não luta contra a lama;
ela utiliza sua força para crescer.
Da mesma maneira,
nossas dificuldades
podem ser a plataforma
para o nosso florescimento.

Nosso amor é...
como um poema não escrito,
perdido nas páginas
de uma realidade que quis,
mas nunca chegou a ser.

Nosso amor é...
como duas estrelas distantes,
que sempre
permanecerão unidas
brilhando em meio
à impossibilidade.

A tempestade vai passar

UMA CARTA VINDA DO CÉU NECESSITA SER LIDA POR VOCÊ

HOJE ME SENTO AO SEU LADO.
ESTOU PERTO DE VOCÊ.
VOCÊ NÃO PODE ME TOCAR,
E VOCÊ SE SENTE SÓ,
MAS NÃO ESTÁ.

SEI QUE FALECI E NÃO VIVO MAIS NA TERRA.
SEI QUE VOCÊ SE AFASTOU DE SI MESMO,
PROCURANDO UM POUCO DE MIM.

SEI QUE VOCÊ GRITOU DE FRUSTRAÇÃO,
E EU TENHO TE APOIADO
EM SILÊNCIO E COM AMOR.

A EXPERIÊNCIA NA TERRA É BREVE.
O CORPO DEFINHA,
MAS A ALMA PERMANECE INTACTA.

POR ISSO, EU TE ESCREVO, PORQUE ESTOU PERTO,
TE ACARICIANDO QUANDO COMEÇA A DOER,
BEIJANDO SUAS CICATRIZES E CUIDANDO DE VOCÊ.
ACABE COM SUAS CULPAS, PORQUE ELAS NÃO SÃO SUAS.
VOCÊ NÃO PODIA FAZER NADA POR MIM. ERA A MINHA HORA.

POR FAVOR, SIGA EM FRENTE, QUE EU VOU ESTAR
NA PRIMEIRA FILA, ORGULHOSA DAS SUAS CONQUISTAS.
BUSQUE A SI MESMO E CONTINUE, PORQUE NUNCA VAI ME
PERDER.

DE: MIM.
PARA: MIM

Há dias difíceis, dias de frustração, de raiva, de vontade de mandar muitas pessoas à merda e desaparecer por um tempo. Dias em que você chora por quem não deve, e abre os olhos diante de falsas amizades, tentando entender o que foi real. Há dias quando você se dá conta de que te enganaram, de que estavam te usando. De que você não deu duas, mas, sim, muitas oportunidades, e que tropeçou várias vezes na mesma pedra até que foi muito difícil conseguir se levantar, mas ainda assim conseguiu. Quando você achava que era mais fraco, encontrou sua força interior.

Há dias de renascimento, nos quais você faz a alegria dançar e tem vontade de conquistar o mundo. Dias em que se reinventa, conhece pessoas novas e sorri porque o sol saiu, porque o caminho te mostra outro horizonte e você sabe que não é responsável por salvar ninguém além de si mesmo. Que sua única obrigação é ir à raiz do seu ser e se convencer a melhorar. De ter a melhor energia e não perder tempo com pessoas que só querem te apagar.

**DE: MIM.
PARA: MIM**

NOTA PARA MIM

NUNCA MAIS SE PERMITA SER A DÚVIDA DE ALGUÉM. VOCÊ VALE MUITO PARA FICAR ONDE NÃO SABEM TE AMAR.

Querida ferida,

Embora você já tenha sido minha carga mais pesada, e uma lembrança constante dos momentos dolorosos da minha vida, hoje te vejo como uma parte essencial da minha história. Na verdade, você é a lembrança de que nós somos capazes de amar e renascer nos nossos piores momentos. Esta carta marca um novo começo e o início de uma versão mais forte de mim. Não é o fim, tampouco digo que vai deixar de doer, mas pelo menos agora sei que foi uma grande lição e que sempre serei grato pelo aprendizado.

Através da tempestade dos maus momentos, aprendi que o perdão é um farol que ilumina o caminho até a cura. Mesmo que as feridas doam, eu escolho me liberar do peso do rancor e abrir de novo meu coração, sem medo de ser machucado. Agora que enfim te soltei, descobri que tenho a capacidade de curar.

P.S.: Ao perdoar, não só estou libertando o outro do peso dos seus erros, mas também me permitindo florescer como um casulo que se transforma em uma bela borboleta. Perdoar é viajar leve e olhar fundo para as vezes em que também falhei.

Aos meus pedaços partidos:

Durante muito tempo, tive medo de me quebrar e me sentir até ainda mais despedaçado, mas já não tenho mais esse medo. Enfim aprendi que cada um de vocês, partidos ou não, são parte do que me faz ser quem eu sou.

Sei que dói, mas as cicatrizes são lembretes, não somente do que é triste, mas de como temos sido valentes ao seguir em frente apesar da dor. E, hoje, sei que cada pedaço partido do meu ser é uma prova da minha fortaleza, da minha capacidade para sobreviver e superar as adversidades. Temos sido corajosos, e já não importa o quanto estamos despedaçados, o que importa é que continuamos e seguimos adiante apesar das feridas.

Hoje libero o medo de me despedaçar, porque cada vez que isso acontece, eu me transformo em uma versão mais resistente de mim mesmo. Eu já não me vejo como um vaso frágil que precisa se proteger para não cair, me vejo como uma obra de arte em constante transformação, com cores que mudam e se mesclam no tempo. Que podem se tornar escuras, mas depois podem voltar a ser luz.

CARTA PARA MINHA IRMÃ

Hoje quero te dizer que não importa onde você estiver, você sempre contará comigo. Se um dia nossos caminhos se separarem, vai ser só a distância física, porque nós estaremos sempre unidos, nos apoiando, seja como for. Sob qualquer circunstância.

Não importam nossas diferenças ou discussões, você será sempre meu ponto de partida. Eu estarei sempre lá por você, mesmo que você erre, mesmo que faça o oposto dos meus conselhos, e que o mesmo aconteça comigo.

Nada se compara ao meu amor por você. Eu estarei sempre ao seu lado. Para te ver rir ou chorar. Para te dizer que ninguém pode roubar sua luz, porque você é indomável, porque o seu brilho, depois de se apagar, acende com mais potência. E que da tempestade, juntos... vamos fazer surgir o sol.

Obrigado por ser meu apoio. Obrigado por se transformar na minha motivação nos dias em que perco a vontade.

Eu te amo e vou cuidar de você por toda a minha vida.

Leia isto quando uma amizade tiver terminado:

Há amigos que você pode amar, mas que, com o
tempo, mudam e já não têm mais nada em comum com você.
Você insiste para que tudo siga como antes, para não
perdê-los, até que um dia entende
que nada vai ser igual.

Há amizades que envelhecem,
mas demoramos para entender.
Agora, depois de tudo,
entendo que os ciclos se encerram,
o carinho segue existindo,
mas a proximidade já não.

De: Mim
Para: Mim
A tempestade vai passar

Uma tarde,
o universo sussurrou
no meu ouvido:

"Eu te prometo que,
quando for
o momento certo,
você vai entender
o porquê de tudo isso."

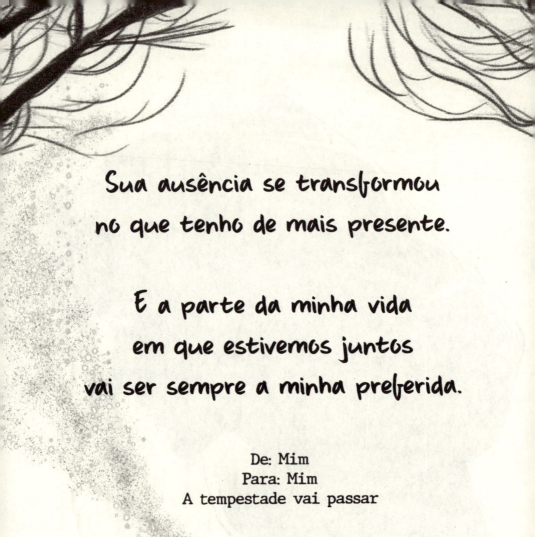

Sua ausência se transformou
no que tenho de mais presente.

E a parte da minha vida
em que estivemos juntos
vai ser sempre a minha preferida.

De: Mim
Para: Mim
A tempestade vai passar

QUERIDA TRISTEZA,

Sei que você carregou o peso de muitas cargas que na verdade não te pertenciam, e chegou o momento de podermos superar isso juntos.

Querida tristeza, a dor, como tudo na vida, também tem seu ciclo, e mesmo que hoje ela te queime por dentro, garanto que mais cedo ou mais tarde vai passar. Não deixe que a dor se transforme em um hóspede permanente no nosso coração, quando ela nasceu para ser uma visitante passageira.

É preciso deixar ir os amores que chegaram ao fim. Não existe razão para resistir. Em vez disso, vamos cortar os laços e permitir que o tempo cure as nossas feridas.

Às vezes, precisamos nos esvaziar e deixar de parecer invencíveis, mas entendendo que tudo passa e que podemos voltar a ficar bem.

P.S.: Encerrando capítulos, abrimos espaço para novas histórias e oportunidades. Liberar o que nos machuca vai nos levar a uma nova fase repleta de oportunidades.

CADEADO PARA O CÉU – NICK ZETA.
Viajando ao passado

Três meses antes de a minha avó morrer, nós saímos para passear juntos. Eu a levei no meu carro, o que ela tinha me ajudado a comprar, e que estava quase terminando de pagar. Faltava só um mês e enfim eu pagaria a última parcela. Ela não queria receber meu dinheiro. Aurora era assim, fazia as coisas sem esperar nada em troca, mas o nosso trato havia sido que eu a deixaria me ajudar com a condição de que fosse um empréstimo.

— Estacione, Nick, quero atravessar a ponte — ela me pediu e, três minutos depois, estávamos atravessando.

— Qual desses é seu, pequeno? — ela me perguntou, apontando para os cadeados que enfeitavam a ponte.

— Nenhum, vó. Dizem que dá azar, que depois de colocar, os casais costumam terminar.

— Ah, você acaba de destruir as ilusões da sua velha avó. Você é um insensível — ela brincou. Segundos depois, passou um garoto vendendo cadeados e ela comprou um.

— O que você está fazendo? Meu avô morreu, e pelo que eu me lembro, você fez uma festa no dia da morte dele — eu a provoquei e ela negou com a cabeça, sorrindo para mim.

— O significado que as coisas têm depende de você. Você é quem dá.

— Você quer que ponhamos um cadeado juntos? A velhice te deixou mais romântica? — disparei, dando um beijo na sua bochecha.

— Não, Nicki. Hoje eu vou colocar meu cadeado e um dia você vai colocar o seu. O importante é que você entenda que o significado nem sempre tem que ser o que as outras pessoas dizem que é. Não precisam ser dois apaixonados que vêm e selam o amor profundo que um tem pelo outro nessa ponte. Hoje, por exemplo, sua velha avó vai colocar um cadeado que tem seu próprio significado. Um que Deus me brindou com a sabedoria de enxergar e que eu espero que, algum dia, você também possa ver.

— E o que significa? — perguntei, observando-a colocar o cadeado.

— Significa que o amor que sinto por mim é real, que eu me amo com meus erros e que me aceito como sou. Hoje, eu coloco esse cadeado porque prometo ser leal a mim mesma para sempre, pequeno Nicki. Tomara que um dia você consiga colocar seu cadeado e ser fiel a você mesmo acima de qualquer coisa ou pessoa. Tomara que ame suas diferenças, se separe do rebanho e, principalmente, que encontre Deus e deixe que ele te mostre o caminho. Sei que você sempre foi cético, mas Deus não deve se tratar necessariamente de uma religião, Ele é algo que você encontra em você mesmo e que ninguém deve te impor. Por isso eu jamais impus, mesmo que, no fundo do meu ser, eu mantenha a esperança de que um dia você encontre o caminho até Ele.

— Por que você não sela com seu cadeado o seu amor com Raúl? Seria mais romântico do que selar seu amor com você mesma, vó — brinquei.

— Nosso amor já está selado. Não precisamos de um cadeado para algo que já é eterno.

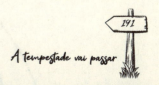

Eu me sinto orgulhoso dos meus esforços e das minhas quedas, da minha constância e da minha disciplina, e tenho certeza de que mais cedo ou mais tarde eu vou conseguir, mas sobretudo... entendi que cada passo é uma conquista e que, mesmo sem chegar no objetivo, em cada tentativa eu me transformo em um vencedor.

De: mim.
Para: mim

DE: MIM
PARA: MIM

Estou aprendendo a me amar nos meus dias ruins. A ficar orgulhoso de mim, inclusive quando não consigo o primeiro lugar e não me sinto vencedor. Quando eu me olho no espelho e fico insatisfeito com o que vejo, ou quando erro. Estou aprendendo a me amar nos meus dias de escuridão, e a confiar em mim mesmo, inclusive quando me sinto perdido.

Estou aprendendo que ter a possibilidade de machucar quem te machucou e preferir não o fazer é o que diferencia as pessoas boas das ruins. Por isso, eu me livro de qualquer tipo de ressentimento. Quero que a partir de agora tudo tome seu curso sem forçar ou viver no passado. Agora eu entendo que a tempestade pode voltar e que está tudo bem, porque é dela que estou obtendo cada aprendizado.

Já não idealizo mais. Já não me julgo por ter falhado. Já não sou mais injusto comigo. Agradeço às mudanças na minha vida. Agradeço cada amanhecer. Agradeço por estar vivo, mas, principalmente... sou grato pela nova versão de mim que se coloca como prioridade e confia em si mesmo.

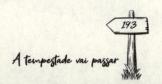

O mar e a areia

O mar me fala da paciência, me diz que somos ciclos que terminam e recomeçam. Me conta que se apaixonou pela areia, mas nunca pôde ficar, estava sempre em movimento, ia e voltava, até que a areia parou de esperar. Ela achou que fosse culpa do mar, que ele nunca ficava, que ele não lhe dava o suficiente, e que precisava deixar de amá-lo antes que fosse tarde.

A areia quis esquecer e se apaixonou pelos rastros, pensando que eles ficariam para sempre, mas eles acabaram se dissolvendo. A areia, chateada, achou que o mar fizesse de propósito, que apagava os rastros porque queria ser seu único dono, que não queria soltá-la, mas também não soube como amá-la.

A areia nunca entendeu que o mar a queria, que ele apreciava o momento de se quebrar na beira para acariciá-la por alguns instantes. Mas ela queria mais. Ela nunca entendeu que nós somos mais do que parecemos. Que o mar e ela estão unidos nas profundezas, que nunca se separaram. Que, às vezes, o que parece pouco para você é o máximo que o outro pode te entregar. De vez em quando, vivemos insatisfeitos, querendo mais e mais, sem analisar o que está por trás do que estão nos dando.

A areia e o mar sempre se amaram, mas para um deles, o amor não era suficiente. E o mar, um dia, decidiu que não ia seguir esperando. Que não entregaria TUDO a alguém que sempre repetia que o que ele dava não era o bastante para poder ficar. Ele a queria para sempre, mas nunca mais permitindo ser menosprezado.

Nesse dia, o mar passou a se amar.

Ninguém sabe quantas vezes eu duvidei de mim.
Ninguém sabe quantas vezes eu sorri mesmo
quando minha alma estava sofrendo.

Ninguém sabe quantas noites bati
no travesseiro e gritei de desespero.
E não era culpa deles, era culpa minha,
por chamar qualquer um de "amigo".

Porque quando me viram triste,
em vez de me escutar,
me disseram que eu estava exagerando.

Ondas

Suponho que todo dia crescemos um pouco mais. Cada vez que uma onda chega, ela te arrasta, revira sua vida e depois vai embora com a mesma intensidade com que chegou. Alguns se afogam enquanto outros se transformam em surfistas incessantes da vida. Porque aprendemos com cada onda. Muitas vezes à força, outras com suavidade, mas em qualquer um dos casos: aprendemos.

Já estou cansado de nadar contra sua lembrança. Hoje decidi me render e deixar meu corpo flutuar e ser levado pela correnteza que o conduzirá até a calma. Sua lembrança seguirá sempre ali, mas será uma dor que, pouco a pouco, irá se dissipar através do tempo.

E hoje me encontro na beira, vendo como você vai desaparecendo no horizonte. Sim, estou te escrevendo. Mas já é hora de as garrafas cheias das minhas cartas começarem a ter outro remetente, e a partir de agora não vai mais ser você. Eu juro não seguir me afogando na tristeza que implica sua ausência. Juro não voltar a mencionar seu nome nem a recordá-lo com amargura. Juro não voltar a você quando o mundo me deixar despedaçado.

Juro que não vou voltar a jurar por você.

Você enfrentou tempos difíceis.

Você superou cada obstáculo com coragem.

Agora, o que te espera será extraordinário.

Os dias ruins estão terminando.

Confie na jornada que você tem pela frente.

Tenha fé no que está por vir.

De: mim.
Para: mim

Quando você ama alguém,
a melhor forma
de se despedir é
não guardar rancor.

ÀS VEZES AS COISAS NÃO QUEBRAM, SÓ TOMAM UMA NOVA FORMA.

ESCOLHA O CAMINHO QUE TE APROXIME DA SUA FELICIDADE

"O ADEUS" - NICK Z.
Viajando ao passado

Dois dias antes de decidir viajar, Danna estava me esperando na porta da minha sala. Ela começou a chorar, me implorou para a escutar, e todos ao redor nos observavam, então acabei indo falar com ela em um lugar reservado.

— Eu só fiquei com Iván para ver se assim eu conseguia te esquecer.

— Isso já não me interessa.

— Você é importante para mim — ela voltou a dizer e entramos em uma sala vazia. — Eu não queria ficar com ele. Fiz isso para ver se assim você lutava por mim, porque eu nunca fui sua prioridade, Nick.

— Você não pode dizer isso quando sempre estive ao seu lado.

— Sua prioridade era a sua irmã.

— Você está falando de uma criança, Danna. E, sim, nisso você tem razão.

— Está vendo? Você pode me culpar, mas você nunca tinha tempo para mim. Tempo esse que o Iván me deu.

— Então você fez bem em dormir com ele, porque te garanto que minha irmã nunca vai deixar de ser minha prioridade.

— Abra os olhos, Nick. Ninguém da sua idade cuida de uma criança, isso é responsabilidade dos seus pais, não é sua obrigação.

— O que eu faço por minha irmã não é uma obrigação, e meus olhos estão bem abertos, por isso estou vendo que o melhor que aconteceu com a gente foi terminar. Eu não sou quem você procura e você também não é para mim.

— Foi o Iván que me procurou. Ele enfiou ideias na minha cabeça, e nesses dias que você nos viu juntos, eu tentei te esquecer, mas não consegui. Eu te amo, e ainda dá tempo de recuperarmos nossa relação. — Ela começou a chorar mais forte, e gemia como se estivesse se afogando. — Não posso viver sem você, Nick.

Nesse instante, parei de me importar que ela tivesse dormido com meu "amigo". Ela era a pessoa que eu amava e estava desesperada pela dor. Eu não consegui vê-la assim. Não me importei que eu também estivesse destruído, e a minha dor passou para o segundo plano quando meu instinto de proteção se apossou de mim.

Eu a abracei contra meu peito e senti seu perfume, seu toque. Ela me fez recordar tudo de bonito que vivemos. As tardes na chuva, ou quando me fazia massagem nas pernas depois de um jogo, só para eu me sentir menos cansado. Lembrei-me das vezes em que ela cozinhou para mim e para a minha irmã e, inclusive, como brincava com ela. Danna não era ruim. Ela estava com ciúmes, era como uma criança que queria atenção, mas nunca tratou minha irmãzinha mal. Teve momentos ruins, sim; em algumas ocasiões, ela não foi a melhor pessoa, mas todos nós erramos. E ao tê-la ali, abraçada a mim, preciso confessar: pensei em voltar.

— Seu peito é o meu lugar, você me acalma.

Não respondi, mas muitas vezes, ela também foi meu ponto de paz. O problema é que, para uma relação funcionar, ambos devem estar dispostos a melhorar; e ela nunca esteve.

— Eu bloqueei o Iván, disse para ele que sou apaixonada por você e que sempre vou ser. Por favor, vamos lutar. Eu te imploro!

Danna se ajoelhou, e eu não consegui vê-la assim. Tentei levantá-la, mas acabei me ajoelhando com ela, de frente para ela, tentando consolá-la.

— Eu só te desculpo se você me desculpar por não ser o homem que você esperava, eu também tenho culpa. Não só você.

— Isso significa que vamos tentar de novo? — Ela interpretou mal minhas palavras, e uma parte de mim quis dizer que sim, mas nós precisávamos nos separar porque, se continuássemos juntos, faríamos ainda mais mal um ao outro.

Na minha solidão, eu tinha muito do que culpá-la, queria dizer que a odiava e muitas coisas diferentes daquelas que senti ao vê-la na minha frente. Queria reclamar por ela ter zombado de mim. Ou por dizer na frente de todo mundo que eu era uma aberração, um nerd; porém, entendi que aquilo era uma parte dela. Todos temos luz e escuridão, mas nem todos sabem trabalhar esses opostos. Ela não sabia e, ainda assim, eu amava a sua luz, mas também amei a sua escuridão.

A tempestade vai passar

— Vamos voltar a ficar juntos ou você quer me humilhar mais? — ela me perguntou e seus olhos tristes arderam. Nesse instante, eu soube que não devia voltar. Você pode amar a escuridão de alguém, contanto que ela não te consuma.

— Eu não quero mais continuar com você — disse, sincero.

— Seu ego é tão grande para me perder por um erro?

— Tudo tem um ciclo, e o nosso acabou há muito tempo, mas nós nos negamos a aceitar. Eu não te odeio, jamais poderia. Me dói tomar essa decisão, mas é o certo para os dois. Não é pelos seus erros, é porque às vezes é preciso ir embora em tempo.

— Me deixe te lembrar que nosso tempo juntos não terminou, Nick. — Ela me beijou e, mesmo querendo afastá-la, não fiz isso. Senti esse beijo carregado de lembranças e da dor de saber que seria o último. Eu ainda a queria, mas apesar disso, era o nosso fim.

Depois de nos beijarmos, nos levantamos do chão, onde estávamos ajoelhados no meio de uma despedida.

— Espero que você seja feliz — eu lhe disse com sinceridade, mas em troca recebi um tapa.

Senti a ardência na bochecha e respirei fundo, desejando que um dia ela pudesse melhorar sua atitude, mas Farid Dieck dizia: *Você não pode mudar o comportamento de quem não vê problema nele.*

— Quem você acha que é, porra? Seu imbecil! Não sou eu que vou perder. Eu cometi um erro, mas você cometeu milhares. Não se sinta especial! Você é só um idiota que sabe pegar em uma bola, mas sem o futebol, você não seria nada! — ela gritou para mim e me lembrei das brigas em que eu terminava agradecendo porque alguém como ela quis um idiota como eu.

Sempre tive medo de ela me abandonar, porém, enquanto ela me xingava, quis voltar a abraçá-la porque sabia que, no fundo, ela não era uma má pessoa, só machucava os outros para se proteger.

Naquele dia, consegui me afastar do que era tóxico, mesmo que uma parte de mim ainda a amasse. Porque o amor não se acaba da noite para o dia, e menos ainda quando há apego. O mais louco é que, horas depois, ela colocou uma foto no Instagram beijando Iván com a legenda: *Minha melhor escolha é você.* Eu queria que aquilo não me fizesse sofrer, mas estava tudo muito recente.

Fiz essa viagem para curar minhas feridas, e agora que olho para trás, agradeço por não ter tido uma recaída com ela.

Carta à minha ex

Quero que você saiba que eu te perdoo por qualquer sofrimento ou briga que tenha surgido entre nós, e eu te peço perdão pelas vezes em que te decepcionei. Reconheço que nós dois cometemos erros, porque, acima de tudo, somos humanos. É hora de nos libertar de qualquer carga emocional negativa que tenha persistido desde a nossa separação.

Éramos muito jovens, mas crescemos nessa jornada de erros, altos, baixos e tropeços, até chegar a esse ponto, onde podemos olhar para trás para entender que fomos uma lição que nos ajudará nas relações do futuro.

Hoje eu te digo adeus, mas não como aqueles que depois de se amar se odeiam. Não como aqueles que se lembram da parte ruim e vivem do ressentimento, mas, sim, a partir do perdão.

Eu te perdoo e me perdoo, e nos perdoo por termos falhado. Fizemos o melhor que pudemos com a pouca experiência que tínhamos. Por isso, prefiro focar nas lições que aprendemos, no crescimento e nos momentos felizes, os quais vou levar comigo para sempre.

VOE DAÍ ANTES QUE CORTEM SUAS ASAS

De: mim, Para: mim

PARA: MEU EU DO FUTURO

Por favor, na próxima vez,
escute a sua voz interior
quando ela te disser: "ali não".
Assim, evitaremos
experiências ruins.

Atenção aos sinais,
a intuição
não erra.
É a sua alma
te avisando.

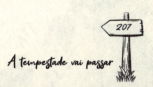

Quebrando as correntes

Hoje eu quebro as correntes, que por tanto tempo me fizeram sentir substituível. As mesmas que me prenderam às pessoas que não me faziam bem. As correntes que me mantinham ancorado em pensamentos ruins, como por exemplo: pensar no pouco que eu havia conquistado com a minha idade. Hoje quebro as correntes do tempo, porque entendi que nada tem um momento específico, e ainda estou vivo. Enquanto eu respirar, posso conseguir o que desejo, mesmo que demore, e mesmo que me custe, agora eu sei que nem o céu é o limite.

De: mim.
Para: mim

Leia isto quando se sentir frustrado:

Nem todas as épocas serão iguais. Você terá momentos em que seus planos não vão dar certo; que você vai apostar em um projeto e acreditar que está fazendo o melhor, mas, de repente, vai descobrir que se enganou. Vai voltar a entrar na tempestade, desanimado, exausto, sentindo que não vai conseguir, ou sem vontade de tentar, por já ter falhado. Quero que saiba que é inevitável, nem todos os planos dão certo, mas é preciso voltar a tentar depois de falhar, porque, se fica imóvel, se o medo te paralisa, você não vai conseguir alcançar a sua meta.

Não deixe que os inconvenientes te derrubem. Não espere que outros te estendam a mão, você consegue se levantar. Pode continuar. Pode conseguir seguir sem se perder, mas ninguém vai ter a capacidade de te despedaçar. Ninguém vai te quebrar de novo, porque você não lhes dará esse poder. A segurança faz com que você se mova com confiança, e não a partir do medo, e ali tudo começa a fluir.

P.S.: Se você sente que suas pernas não vão mais aguentar, sente-se para ver as estrelas, ou o por do sol, e se abrace forte. Eu te garanto que pouco a pouco você vai conseguir a força necessária para recomeçar e continuar. Não volte a duvidar de si. É normal estar cansado, mas não é a mesma coisa que estar derrotado, e isso você não está.

PARA VOCÊ QUE ESTÁ SOFRENDO, MAS QUE CONTINUA TENTANDO

PARA VOCÊ QUE FOI FORTE.
PARA VOCÊ QUE SE ATREVEU A VIAJAR
ATÉ O INTERIOR DA SUA ALMA.
PARA VOCÊ QUE DUVIDA:

VOCÊ VAI TRIUNFAR

SEUS CAMINHOS ESTÃO SE ILUMINANDO
PORQUE VOCÊ É LUZ,
ENTÃO NÃO DEIXE
QUE UMA NOITE ESCURA
TE APAGUE.

Desejo que você pare de ficar triste pelo que perdeu, e no meio do caminho, entre buscas e desencontros, descubra que tem a si próprio, e que, por mais perdido que esteja, se usar a bússola do seu coração, poderá conseguir o caminho de volta para si mesmo.

DESEJO QUE VOCÊ NÃO ESPERE ATÉ AMANHÃ. DESEJO QUE VOCÊ COMECE A FAZER HOJE.

QUERIDO VIAJANTE,

TALVEZ VOCÊ SEJA COMO UMA ESTRELA,
UM ABISMO RADIANTE QUE PRESENTEIA SUA LUZ
A TODOS, MESMO NAS OCASIÕES
EM QUE ESTÁ MORRENDO POR DENTRO.

TALVEZ VOCÊ SEJA COMO UMA ESTRELA CADENTE
QUE SE NEGA A PERDER O BRILHO, E OFERECE
SUA LUZ ATÉ O ÚLTIMO SUSPIRO,
SÓ PARA QUE OS OUTROS FAÇAM UM DESEJO.

MAS, ESSA NOITE, MESMO QUE VOCÊ NÃO ME CONHEÇA,
SOU EU QUEM DESEJO QUE VOCÊ QUE ME LÊ

SEJA FELIZ.

O FOGO NO SEU INTERIOR:

A queda é inevitável, mas quando acontecer, quando a escuridão for abundante e você não souber como seguir em frente, quando você se sentir atordoado e sem ânimo, lembre-se de que no fundo de si mesmo arde uma chama inextinguível. Um fogo que se nega a se apagar.

É essa chama que vai te impulsionar quando você acreditar que não consegue mais. Quando sentir que tocou no fundo, alcance essa energia poderosa que vive em você. Aquela que te permitirá ver outra oportunidade onde você só via portas fechadas. Aquela que fará com que você transforme cada momento ruim em degraus até o caminho do sucesso.

As épocas ruins existem, e é normal se sentir desanimado em momentos difíceis, mas você tem força para continuar. Alimente essa chama com esperança e deixe que ela te guie, que se transforme em sua bússola e que ilumine seu caminho até uma versão mais forte de você.

P.S.: Cada vez que você se levanta de novo, a luz interna aumenta de intensidade para te lembrar que você não está sozinho nessa jornada, que ela está ali para afastar as sombras que tentam te atacar.

ÚLTIMO DESTINO

RUMO À MINHA MELHOR VERSÃO

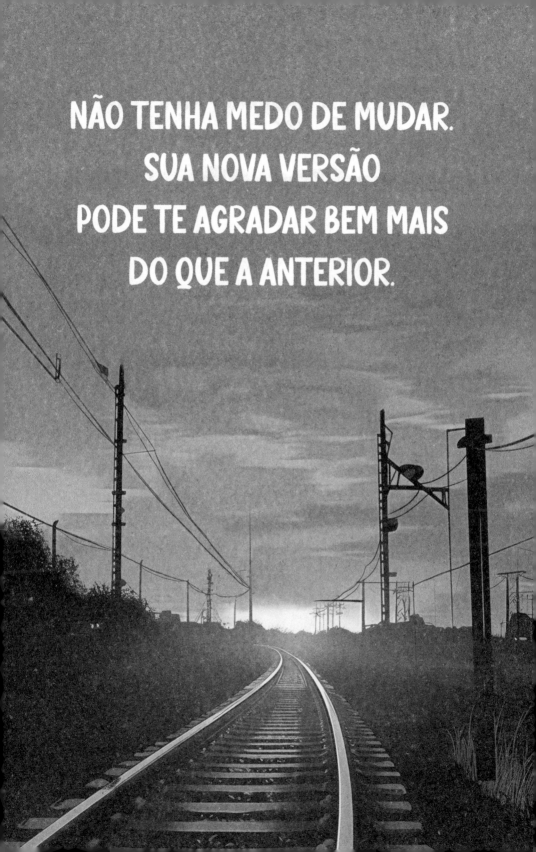

São onze horas da manhã e, depois de dois dias de chuva, já não chove mais. Segundo a previsão, o tempo ainda vai piorar, mas, no momento, o sol está saindo com intensidade e as montanhas estão resplandecentes, cobertas pelos seus raios. Respiro fundo como todas as manhãs, enchendo-me de satisfação por estar acompanhado pela natureza, mas a fome me lembra que não tenho comida. Preciso ir até a vila para buscar mantimentos.

Depois de me vestir, entro na kombi e dirijo, atravessando o caminho cheio de pinheiros que tem me acompanhado nos últimos dias. É uma cidadezinha com poucos habitantes, a sua maioria idosos, que decidem passar o resto da vida acordando com o canto dos pássaros a cada amanhecer.

É um bom lugar para encontrar paz, mas essa é minha última noite. Amanhã vou embora rumo ao último destino: a floresta onde vou conhecer o mestre que tem o segredo da página da sabedoria.

Paro para colocar gasolina e entro na loja para pegar o que preciso para meus últimos dias de viagem.

— Você é o campista? Está todo mundo falando de você na cidade — diz a senhora idosa atrás da caixa registradora.

— De mim? — pergunto, passando os outros produtos para ela.

— Foi você que passou dias na chuva, negando-se a receber abrigo, só com a kombi? Estão todos falando de um jovenzinho, e não existem muitos aqui nessa vila.

— Sim. Na verdade, eu não achei que fosse chover tanto, mas assim é a minha sorte.

— Meu bem, sobra sorte para você. Ela te acompanha aonde você vai.

— Acho que temos conceitos diferentes de *sorte*.

— Posso te convidar para um café para te explicar meu conceito? — me pergunta a mulher de uma maneira amável e eu busco na minha mente motivos para negar sem parecer grosseiro.

— Ainda preciso pagar minhas compras — eu lhe digo, enquanto ela me entrega tudo já empacotado.

— Não precisa pagar nada. Eu sou a dona e hoje é seu dia de sorte — responde ela, e me indica um café do outro lado da rua.

Insisto algumas vezes em pagar, mas ela não deixa. Diz que eu sou o convidado de todos os avôs da vila e que é um presente que querem me dar. Não entendo as razões, mas aceito tomar um café com ela para encontrar o momento adequado de deixar o dinheiro na sua carteira sem que ela note.

Atravessamos a rua para o café, e em questão de minutos me vejo em uma situação peculiar. Estou sentado com a senhora, esperando meu café, e todos os atendentes me cumprimentam. É uma cidadezinha extremamente amável e, mesmo estando longe de onde eu moro, por um segundo me sinto em casa.

— Quando eu disse que você tem sorte, eu falei sério. Estávamos passando por um período de muita seca. Nossas colheitas estavam sofrendo as consequências, e estávamos ansiosos para que Deus nos enviasse um dia de chuva. Desde que você chegou à vila, não para de chover. Você é nosso amuleto e estamos agradecidos.

Não sei o que dizer, mas sorrio com gentileza. Foram dias difíceis, em que minhas roupas molharam e o vento levou minha barraca com meus pertences e minha comida. Não aceitei a ajuda do abrigo porque queria passar por isso. A natureza é como a vida, nem sempre traz coisas positivas, mas é preciso valorizá-la em cada fase.

— Obrigado por me dizer, fico muito feliz de ter trazido sorte, pelo menos para vocês. Apesar de eu acreditar que é pura coincidência.

— Nada é coincidência — responde ela. — Parece que a chuva arrasa com tudo, rapaz, mas ela também limpa por dentro, leva consigo o que está pesado para nós e vai nos purificando. Você vai reconhecer sua sorte quando começar a acreditar em você mesmo e no que te rodeia. Deus está em todos os planos, e muitas vezes nos usa como instrumento, mas tudo começa com a fé.

— A senhora fala como a minha avó — digo sem pensar, porque ela era a única que desde que eu era criança me falava de Deus e da fé.

— Imagino que você queira voltar para casa para abraçá-la.

— Ainda não sei dar abraços que ultrapassem o céu.

— Os abraços que se dão com a alma são capazes de atravessar a morte. Esses abraços chegam ao céu e acariciam os corações divididos momentaneamente. Você só precisa se esquecer do corpo e guardar os momentos que viveram juntos. Mas já que está aqui, pode dar um abraço na velha que está do seu lado.

Movo a cadeira de madeira para me aproximar dela. Eu me guio pelo meu impulso para lhe dar um abraço e uma sensação de calma e paz vai tomando conta de mim. O abraço se prolonga e quando nos separamos, observo seu rosto se enchendo de lágrimas.

— Por que a senhora está chorando?

— De felicidade.

— E o que faz a senhora feliz?

— Entender que Deus nos manda mensagens através das pessoas.

— Não estou entendendo.

— Perdi meu neto há dois meses, ele tinha vinte anos e gostava de acampar na chuva. Era amável e educado, assim como você. Diziam que ele trazia a magia para o povoado e, desde que ele foi embora, a natureza entrou em luto. A magia se foi com meu neto, e também a chuva.

— Como a senhora disse, tudo começa com a fé. Se acreditam em algo negativo, dão força a esse sentimento. Seu neto deixou um legado de magia que perdura além dele mesmo. Tudo começa na crença — as palavras saíram de mim e nem tive que pensar nelas, como se eu estivesse destinado a dar aquela mensagem, justo eu, que antes da viagem nem acreditava em magia.

— Só de ter você perto, já começo a acreditar. Qual a probabilidade de dois meses depois chegar um rapaz tão parecido com meu neto e com sua presença voltar a chover? Meu neto, Mark, ia para o mesmo lugar onde você acampou para ficar sozinho. Me disseram que você é fotógrafo, e o meu neto também era. Não são a mesma pessoa, mas Deus nos envia sinais para acalentar nosso coração, para nos mostrar que a magia existe e que quem se foi só está de férias, mas que as almas predestinadas voltam a se encontrar. Nossos pensamentos são a base de tudo. Eu estava tão perdida na minha escuridão e, desde que você chegou, voltei a trabalhar na loja. Você me devolveu a fé, e eu nem sei seu nome.

— Meu nome é Nickelback Zeta, mas me chamam de Nick.

— Você é muito especial, Nicki. Vejo a luz que mora nos seus olhos.

Fico surpreso ao ouvi-la me chamar de *Nicki*, como a minha avó me chamava. Fico calado, observando seus olhos azuis e profundos iguais aos dela. As rugas cobrindo o rosto e o sorriso amável tão parecido com o da mulher que salvou a minha vida se transformando na minha mãe. Eu queria dizer muitas coisas a ela, como que me acontece o mesmo, que ela se parecia com a pessoa que eu amo e que agora vive no céu, ou que o que mais me surpreende é sua sabedoria e a forma como suas palavras penetram fundo em mim.

— A senhora também me deu esperança — me limito a dizer e aperto sua mão cheia de rugas. — Fiz essa viagem porque perdi o rumo desde que ela partiu.

— E você chegou a uma vila para tomar um café com uma avó que também se sente perdida pela morte do seu neto. São histórias diferentes que se unem entre si porque está tudo conectado. Os fios foram se tecendo por Deus, que desenha cada encontro para nosso aprendizado.

— Por que Deus leva quem amamos?

— Ficar com raiva de Deus é mais fácil do que compreendê-lo, mas se Ele te deu tudo, Ele não tem necessidade de tirar nada. A vida de outra pessoa nunca será sua. A essência da vida é nos libertarmos da ideia da imortalidade física e entender que a nossa alma é a única que é eterna — escutá-la falar era como ouvir a minha avó. — Agora, Nicki, quero te convidar para ficar na minha casa. A tempestade que se aproxima é muito forte. Está na hora de você aceitar ajuda.

— O filósofo Nietzsche disse: *O que me não me mata, me fortalece*, e é o que eu preciso. Quero superar a tempestade dentro de mim.

— Entendo — respondeu a senhora. — Pelo menos me deixe emprestar a barraca e o equipamento do Mark para essas situações, assim você vai estar preparado. Seria de grande ajuda para você.

Aceito sua oferta e nos dirigimos para sua casa, onde seu marido, outro senhor tão amável e alegre quanto ela, dá uma volta comigo pela propriedade impregnada de calor familiar e tranquilidade.

— Ontem resgatamos esses cachorros — o senhor comenta comigo, me mostrando uma cesta com dois filhotes. Estão dormindo agora, mas um deles acorda e corre para mim com suas patinhas pequenas. Ele está mancando.

— Não achamos a mãe deles e trouxemos os dois para casa.

Eu me deixo levar pelas brincadeiras do cachorro, pego-o no colo e ele lambe o meu rosto. É um amor.

— Desde que ele chegou, estava se escondendo, não nos deixou pegar no colo sem chorar, é a primeira vez que eu o vejo balançando o rabo. Acho que alguém o machucou, e por isso ele é tão nervoso assim.

— Mas ele está bem animado.

— Eu já disse, rapaz, você tem sorte — a senhora intervém. O nome dela é Graciela, e o marido se chama Jaime.

O cachorro marrom e branco continua me lambendo, ele tem olhos claros e parece um mestiço de lobo. Eu nunca havia sentido uma conexão assim com um animal. É um amor diferente e eu gosto do que estou sentindo. Me sinto amado.

— Posso ficar com ele? — pergunto no impulso.

— Vivendo embaixo da tempestade? Um cachorro é uma responsabilidade, é uma vida. Primeiro você tem que ser capaz de cuidar de si mesmo, para depois pensar em cuidar de mais alguém — responde Graciela e a decepção estampa o meu rosto.

— Eu quero esse cachorro de verdade.

— Não duvido, mas a questão não é essa, Nicki. Você se sente capaz de dar uma vida feliz para ele com tudo que isso envolve?

Penso em convencê-la, mas entendo que em nenhum momento eles estão recusando. Pelo contrário, querem que seja eu quem decida, que eu tenha certeza de verdade e que não seja só um capricho.

— Termine sua viagem e, quando voltar para casa, se ainda quiser o cachorro, venha buscá-lo. Lembre-se de que as decisões mais importantes da vida não devem ser apressadas.

— Prometo que vou voltar por você e vou te levar para uma casa nova — eu me despeço dele, acariciando sua cabeça, e o escuto latir pela primeira vez. Ele também parece estar se despedindo.

Dou tchau para a família que acaba de me dar o equipamento completo para a tempestade que se aproxima, e prometo voltar. O barulho dos trovões me apressa. A senhora me entrega uma garrafa térmica com café e um pote com biscoitos.

— Deixe-me pagar — insisto, referindo-me às compras.

— Você devolveu o calor a um coração que estava morrendo de frio. Sou eu que te devo.

Ela me dá um último abraço e me deixo levar pelo seu aconchego, ao mesmo tempo que minhas lembranças me levam a ela: ao meu anjo.

— Ser diferente é o que te faz especial — ela me diz, me fazendo recordar das palavras que minha avó costumava repetir.

É coincidência ou ela está tentando encontrar uma forma de me dizer que continua presente? Começo a acreditar que ela está comigo de um modo especial, e sinto que o meu coração, assim como o da senhora, depois de tantos dias de gelo, também começou a se aquecer.

Quando volto ao acampamento, decido abrir um dos envelopes escritos pela minha avó:

Deus abre caminhos onde parecia impossível, e fecha caminhos que pareciam belos, mas que iam te destruir. Deus te dá forças para suportar a dor mais profunda e abraça os seus pedaços destruídos e seus erros. Deus sempre esteve ao seu lado, paciente, esperando o momento em que você queira recebê-lo.

Um fio invisível nos mantém unidos

Aos poucos, começo a aceitar que você não vai voltar, e continua doendo, mas estou aprendendo a viver com isso. É que sinto que, mesmo que esteja morta, você está comigo para sempre. A distância me doía, o que foi a despedida definitiva, e agora sei que não. O laço das nossas almas é indestrutível. Você e eu vamos voltar a nos encontrar, porque nossa conexão segue viva. Eu sei que, quando chegar minha hora de partir, eu vou te encontrar. Sei que nossas almas viverão outras vidas, e poderemos fazer tudo o que nos faltou fazer nessa. Embora eu continue com a minha vida, eu te garanto que você vive comigo. Tenho você tatuada na minha alma e vou seguir cada ensinamento que me deixou. Apesar de os nossos corpos não se verem, existe um fio invisível que une nossas almas e nos mantém unidos.

E SE EU NÃO CONSIGO, VOLTO A TENTAR ATÉ CONSEGUIR.

NEM SEMPRE É O BRILHO DO SOL QUE NOS FAZ FLORESCER, MUITAS VEZES É A CHUVA.

De: Mim
Para: Mim
A tempestade vai passar

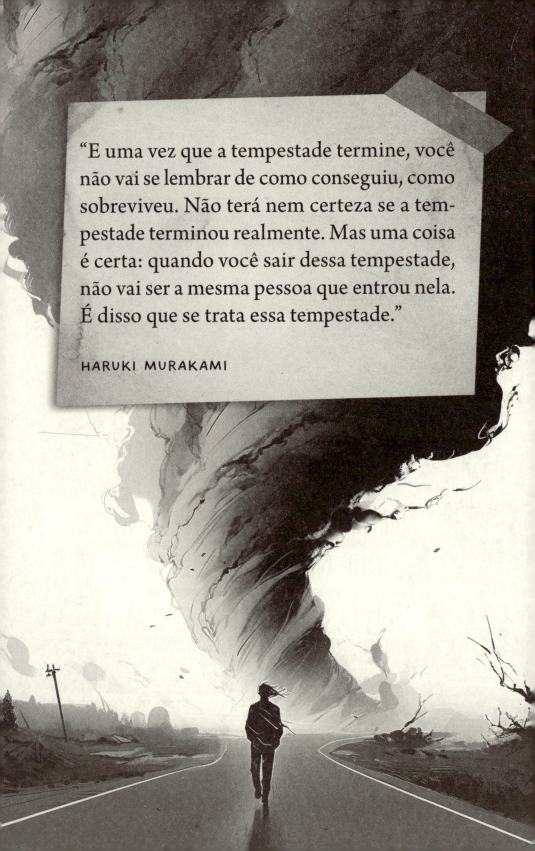

DE: MIM PARA: MIM

A tempestade interior me empurra para longe do meu lugar de segurança. Com cada trovão me lembro dos momentos nos quais eu duvidei, em que o mundo desmoronou e eu quis desistir, mas consegui seguir adiante. Cada rajada leva para longe a voz que repete que eu não mereço o sucesso, que não sou capaz, que não sou suficientemente bom. Eu tive que chegar ao centro da tempestade para me dar conta de que eu me subestimei durante muito tempo. Achei que eu não era capaz e eu sou. Sempre fui.

Agora mesmo estou passando por um processo, estou reconhecendo que não sou perfeito, que também cometo erros, e que é hora de perdoar aqueles que me decepcionaram. É a mesma tempestade que leva para longe o ódio por aqueles que me feriram, me explicando que eu sou maior do que o rancor. Sou maior do que a ferida. Não sou a vingança nem a ira, nunca fui. Hoje dou um passo na direção do perdão e deixo para trás o peso da raiva.

Não importa quantas dificuldades eu encontre pelo caminho. Nesta viagem, entendi que são elas que me levam a descobrir do que sou capaz. Não importa que o futuro seja tão difícil, eu nunca mais estarei sozinho. Tenho o mais importante para enfrentar qualquer problema:

O AMOR-PRÓPRIO.

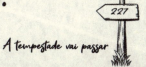

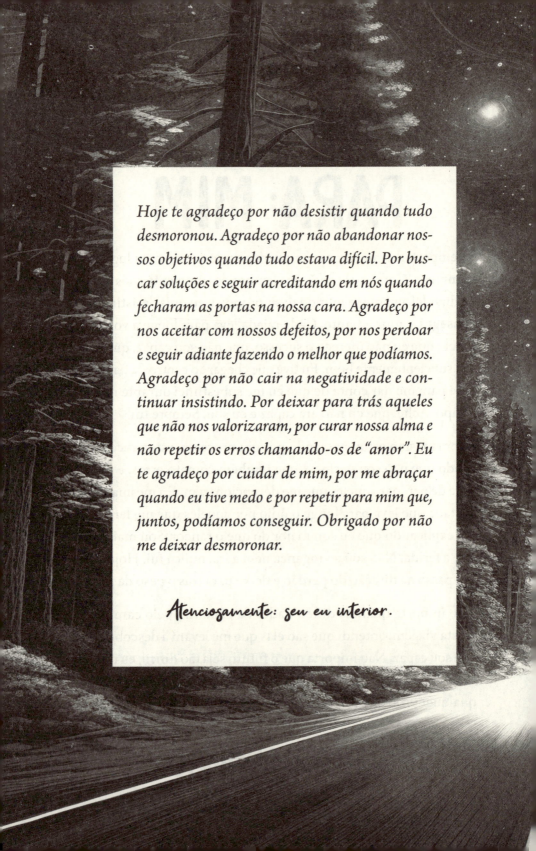

Hoje te agradeço por não desistir quando tudo desmoronou. Agradeço por não abandonar nossos objetivos quando tudo estava difícil. Por buscar soluções e seguir acreditando em nós quando fecharam as portas na nossa cara. Agradeço por nos aceitar com nossos defeitos, por nos perdoar e seguir adiante fazendo o melhor que podíamos. Agradeço por não cair na negatividade e continuar insistindo. Por deixar para trás aqueles que não nos valorizaram, por curar nossa alma e não repetir os erros chamando-os de "amor". Eu te agradeço por cuidar de mim, por me abraçar quando eu tive medo e por repetir para mim que, juntos, podíamos conseguir. Obrigado por não me deixar desmoronar.

Atenciosamente: seu eu interior.

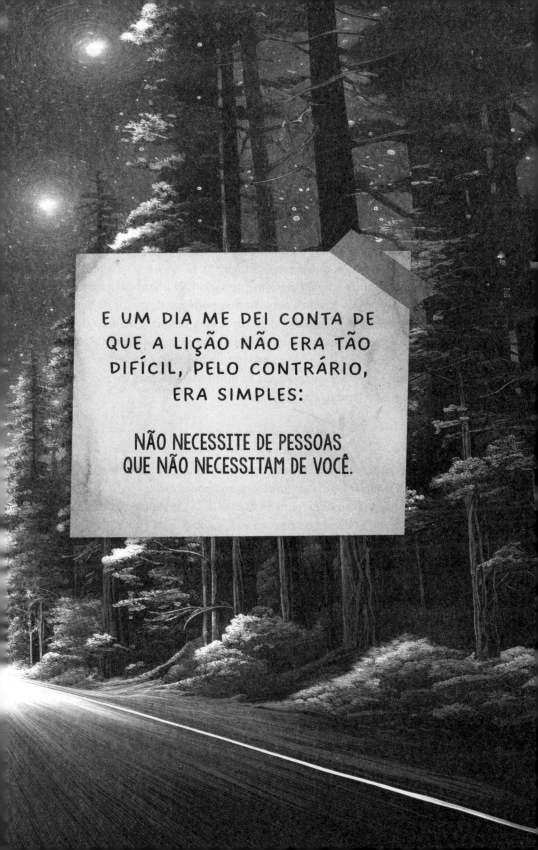

NOITE DE VINHOS - NICK Z.
Viajando ao passado

No dia do aniversário da irmãzinha de Sara, eu estava com muitas expectativas, mas não foi nada do que eu imaginei. Durante todo o aniversário, ela ficou com o namorado. Ele não parava de abraçá-la, e eu entendia, mas o que me parecia incompreensível era que a situação me incomodava. Eu nunca tinha experimentado ciúmes, mas perguntei mais de cinco vezes à minha pobre irmã se ela queria ir para casa, que já estava suficiente. *O mágico já vai chegar, ainda não!*, respondia Emma, que foi literalmente a última a ir embora e quase obrigada por mim. Saímos rápido e nem mesmo pude me despedir de Sara. Seu namorado não dava espaço para mantermos uma conversa de mais de cinco minutos. Ele a monopolizava e, quando finalmente estávamos juntos, ele a levava para longe com qualquer desculpa, me olhando de cima a baixo, e até reclamando com ela. Achei que era coisa da minha cabeça, mas várias vezes o vi discutindo com ela e preferi me afastar.

> Tenho uma garrafa de vinho. Vamos abrir? 👀 22:45 ✓✓

A mensagem dela chegou quando eu já estava quase indo dormir. Pensei em negar, mas eu ia viajar no dia seguinte e queria poder me despedir dela. Cinco minutos depois, estávamos no telhado da casa dela, com uma garrafa de vinho e duas taças. Pode-se dizer que eu corri ao encontro dela.

— Me desculpe por hoje. Jackson foi grosseiro com você e se comportou como uma criancinha — disparou Sara, sem conseguir me olhar nos olhos.

— Por que ele agiu assim?

— Imagine que, quando você finalmente está com a pessoa que quer, a razão pela qual você foi rejeitado antes está no mesmo espaço que você. Qualquer um no lugar dele se sentiria ameaçado. Ou você não? — perguntou ela, tomando o vinho de uma vez só. Ela baixou o olhar por um instante, e seus dedos brincaram na borda da taça.

— Às vezes estamos tão ocupados procurando outra coisa que não vemos o que temos, e foi isso que aconteceu comigo, Sara.

— Acho que o amor pode chegar tarde, como um convidado que demora à porta, e quando enfim entra, já não tem mais ninguém esperando.

— Discordo de você. Eu acredito que o amor pode chegar a qualquer momento. Você não pode apressá-lo. Talvez o que para você seja um convidado que demorou à porta, na verdade é um convidado que chegou bem na hora que devia chegar — afirmei, estendendo a mão até tocar suavemente no seu pulso esquerdo. Pela primeira vez, ela me olhou nos olhos, e eu não a soltei. Lentamente, tirei o relógio dela e o guardei no bolsinho do meu casaco de moletom. — Para você, eu cheguei tarde, Sara, mas... E se por hoje nos esquecermos do tempo e desfrutarmos desse momento?

Com um olhar, ela conseguiu me revelar que também queria. Estávamos a centímetros de distância. Tanto que eu conseguia perceber sua respiração entrecortada.

— Você não acha que as estrelas são como testemunhas mudas das nossas vidas, como confidentes eternas em uma noite sem fim? Sabem tudo de nós, mas não nos julgam — respondeu ela, afastando-se de mim.

— Por que você mudou de assunto?

— Porque os caprichos são como estrelas cadentes, Nick. Elas cruzam o nosso céu, mas de forma efêmera e, mesmo que o nosso desejo seja detê-las com todas as nossas forças, a gravidade do destino tem sua própria maneira de te dizer que algo não é para você.

— E se eu não sou para você, por que seu olhar diz o contrário?

— Porque por muito tempo eu gostei de você. Eu te observava de longe sendo o melhor irmão, tirando fotos do pôr do sol e cuidando dos animais. Enquanto todas te desejavam, você passava seu tempo com sua avó, dançando tango na varanda ou cantando no carro. Eu te vi por acaso e gostei do que encontrei. Eu odiava esse lugar. Tinha acabado de me mudar para cá e você me parecia o único interessante, mas para você eu nunca existi, e isso não é uma reclamação, Nick. É uma confissão. Você foi uma ilusão que dava um toque mágico à minha vida, mas agora eu estou com outra pessoa.

— Alguém que não te faz feliz.

— Você não sabe disso.

— Então por que parece que você chorou hoje?

— Os casais discutem — ela me respondeu, e me arrependi de tocar nesse assunto quando as lágrimas deslizaram pelas suas bochechas.

Não consegui evitar. Não quis. Com delicadeza, me aproximei dela. Meus lábios roçaram a suavidade da pele dela, e dei beijos suaves no rastro úmido que as lágrimas haviam traçado em seu rosto. Mesmo sem saber o que tinha acontecido, ou por que ela estava assim, meus beijos seguiram seu curso na fragilidade da pele dela. Ela fechou os olhos e eu quis fazer algo. Eu queria que o caminho dos meus lábios chegasse aos seus, mas não o fiz. Porque, embora o desejasse, presenciando a dor que nublava sua essência, meu maior desejo era que ela ficasse bem. Eu queria não só ser capaz de secar as lágrimas que caíam, mas também poder ser calma no seu interior.

— Ninguém merece suas lágrimas.

— Acho que todos, em algum momento, fizemos o outro chorar — foi a resposta de Sara antes de beber todo o interior da sua taça.

— Posso bater nele por cada lágrima? — brinquei. — Porque é o que eu mais quero agora.

— Por quê, Nick? Você nunca me fez chorar?

— Não — afirmei. — Eu fiz muitas coisas para você, Sara, mas isso, não.

— Você está com certeza demais — rebateu ela, servindo-se de mais vinho.

— E sabe do que também tenho muita certeza? — Tomei o que restava da minha taça de vinho, enquanto ela me desafiava com o olhar.

— De quê? Me surpreenda. — Seus lábios se curvaram em um sorriso.

— De que nós não somos passado. Não somos o "teria sido". E sabe por quê? — Sara se concentrou em beber vinho e eu fechei a distância entre nós. — Olhe para nós, estamos sozinhos eu e você. Não há ninguém mais aqui.

— E o que tem isso? Somos amigos, Nick.

— Se nesse momento você pudesse me trocar pelo seu namorado, você trocaria? Se magicamente sua discussão pudesse desaparecer, você ia querer que fosse ele quem te fizesse companhia esta noite e não eu? Só me responda isso.

Ela desviou o olhar do meu, enquanto a brisa noturna brincava com seu cabelo. Seus olhos brilhavam e eu teria pagado qualquer coisa por aquela resposta, mas ela não veio.

— Não vou me meter na sua relação. Não vou fazer com outro o que fizeram comigo. Ainda tenho muitas coisas que preciso resolver dentro de mim, e isso é algo que preciso fazer sozinho, para que seja de verdade. Tentar estar com alguém seria como colocar um curativo na ferida que ainda está sangrando. E eu não vou mentir, eu me conectei com você e sei que em algum momento vamos ser mais do que amigos, Sara.

— O amor é mais profundo na compreensão do que na posse, Nick — ela respondeu e nós dois nos deitamos para observar as estrelas.

— O amor, em geral, é como um poema; os melhores fluem sozinhos, sem necessidade de forçar os versos. Agora, vamos só desfrutar — acabei o assunto. No fundo, eu me sentia envergonhado de ter feito aquela pergunta, tão seguro de que ela me escolheria, quando ela tem namorado e nem me conhece.

Ficamos em silêncio durante um tempo. Cada estrela parecia brilhar com mais intensidade e ficamos assim perdidos no universo até que, nem sei como, acabamos deitados de lado, nos olhando.

— O silêncio também é uma resposta, Nick — sussurrou ela e, com delicadeza, estendeu os dedos e roçou de leve nos meus, antes de se levantar e descer do telhado, me deixando sozinho.

Tomara que seja você

Não sei se o destino nos quer juntos. Talvez tenhamos chegado cedo demais, ou talvez muito tarde. Sei que você chegou quando eu não procurava nada. Você chegou depois que eu jurei que não voltaria a amar, e não posso adivinhar o futuro, mas você veio para bagunçar minha vida, para eliminar minhas barreiras, para me ensinar que não é o tempo, mas a pessoa. Que não é a quantidade de momentos compartilhados, mas a qualidade de lembranças que você criou com eles.

Você e eu nos encaixamos sem esforço. Sem nos transformar em algo que não somos para caber na vida do outro. E eu sei que sou um desastre. Que já passei por muita coisa. Que às vezes me afasto e preciso ficar sozinho. Mas você chegou para admirar minhas folhas murchas, para consertar tudo com seu sorriso perfeito. Para me fazer saber que posso voltar a florescer depois do mais longo outono. Você chegou quando eu não procurava nada e se transformou em tudo o que eu quero.

Tomara que seja você.
Tomara que o futuro nos queira juntos.

Parei para observar as estrelas

ESTOU SOZINHO, MAS NÃO ME SINTO ASSIM.
MUITAS VEZES EU TIVE COMPANHIA
E ME SENTI MAIS SOZINHO DO QUE AGORA.

ESTOU ENTENDENDO QUE TUDO PASSA,
E QUE AS PESSOAS QUE SE FORAM
TINHAM QUE IR PORQUE NADA
NESSA VIDA NOS PERTENCE,
A NÃO SER NÓS MESMOS.

DE: MIM
PARA: MIM

Quando se sentir perdido, lembre-se de que você tem as ferramentas para recomeçar. Não se frustre.

Não duvide de si mesmo. Cada esforço terá sua recompensa. Tudo pelo qual você tem trabalhado se tornará realidade. Tenha calma quando tudo desmoronar que, aos poucos, a tempestade vai passar.

Você está em transformação e não é fácil, mas já descobriu que até os piores momentos têm um propósito.

P.S.: Você tem tudo a seu favor se acredita em si mesmo. Não se apague. Está cada vez mais perto. A cada passo, você se aproxima de si mesmo, e esse sempre será o melhor destino.

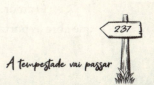

Querido viajante,

A parada seguinte vai te levar a uma aldeia que fica dentro de uma floresta, com cerca de cento e cinquenta habitantes. Cada um deles vive sem energia elétrica, sem tecnologia, distantes do mundo exterior, mas próximos do mundo interior. Todos eles compartilham um amor sincero e uma admiração profunda pelo seu mestre de viagem e seu grande líder: o monge de Lira. O próximo destino te aproximará do lugar onde vive o único ser humano vivo que conhece o segredo da *Página Perdida*. Ele será capaz de compartilhá-lo com você se achar que seu coração está preparado e que você tem os valores necessários para tal informação. Sucesso na sua jornada. Não se sinta mal se, quando chegar ao seu encontro, ele não quiser recebê-lo. O mestre é um monge reconhecido por ser um dos melhores alquimistas espirituais que já existiram no planeta. No entanto, aos 89 anos, é conhecido por falar só uma vez a cada 365 dias, e exclusivamente para passar os conhecimentos aos seus fiéis e leais seguidores. Eles afirmam que, apesar de ter somente uma lição anual, esta vale como centenas de lições. Isso só demonstra que não se trata de quantidade, mas, sim, de qualidade do conhecimento.

7 preceitos da aldeia Lira:

1. Honrar a natureza: cada habitante aprende a apreciar e respeitar a terra, os rios e os bosques, reconhecendo que a essência espiritual reside na harmonia com a natureza.

2. A paciência: ela se ergue como uma virtude fundamental. Compreendendo que a verdadeira alquimia requer tempo e dedicação.

3. O silêncio interior: é cultivado como uma joia rara e bela. Os habitantes valorizam a arte da meditação e da introspecção.

4. A empatia: manifesta-se em cada interação perante eles mesmos e aos outros, compreendendo que todos estão imersos em seu próprio processo de transformação.

5. A gratidão: é a moeda de intercâmbio espiritual e é o maior catalizador da alquimia espiritual da aldeia.

6. O respeito mútuo: sustenta a comunidade e cada indivíduo é considerado uma peça essencial no tecido da aldeia.

7. O amor: é a maior força de transformação que existe, e é a chave que abre as portas do crescimento espiritual.

O MONGE DE LIRA – NICK ZETA.
Dia 38 de viagem

Parei a kombi em um estacionamento e aluguei uma motocicleta para chegar mais perto da floresta, onde a deixei estacionada e segui o caminho andando por mais de oito horas.

O sol descia no horizonte quando, com passos cautelosos, entrei na aldeia, no coração da frondosa floresta. Os pinheiros altos e antigos formavam um dossel verde por cima das modestas cabanas, enquanto o chão estava forrado por um tapete de folhas douradas. O ar estava impregnado com a fragrância da natureza, e o som de água correndo suavemente sussurrava à distância, me fazendo sentir uma profunda paz.

Continuei caminhando a passos lentos e, à medida que fui me aproximando do centro da aldeia, fui recebido por um grupo de aldeões vestidos com túnicas de cor bege. Um deles me deu as boas-vindas.

— Bem-vindo ao nosso lar. Eu sou o Caleb e esta é a aldeia Lira da alquimia espiritual. Tudo o que temos também é seu, mas preciso advertir que os prazeres do mundo moderno não habitam essas terras. Não temos internet ou eletricidade, mas todos nós faremos você sentir em casa.

— Obrigada pela recepção — respondi. — Meu nome é Nick, e estou em busca do grande mestre, o que tem em seu poder o segredo da *Página Perdida da Sabedoria*.

— Entendo e valorizo sua honestidade, Nick, mas preciso informar que este ano recebemos mais de trezentos viajantes que buscavam o mesmo conhecimento, e o mestre Alistair não falou nem uma palavra. Nós daremos alojamento e comida durante três dias, mas se ao terceiro o mestre não tiver dito nada, você vai precisar ir embora. São as nossas regras — Caleb me explicou.

Mais de trezentas pessoas haviam falhado. O que me fazia diferente? Por um momento, perdi a esperança, mas eu já estava ali, assim o segui ao local onde eu me alojaria.

— Você vai compartilhar o quarto com a doutora Dalila e o príncipe Ezra. Os dois vieram com as mesmas aspirações.

Concordei, entrando em um quarto no qual havia três camas e um banheiro. As paredes eram de madeira e o interior simples, mas estava quente.

Deixei meus pertences e saí novamente para seguir Caleb.

A floresta era impressionante. Eu nunca tinha visto nada parecido, dava para sentir a magia em cada detalhe. Enquanto eu avançava, a paz foi tomando conta de mim e eu soube que, mesmo que não me dissessem o segredo da sabedoria, a viagem já havia valido a pena e eu tinha sorte de estar ali.

— Este é o grande mestre, e ao seu redor estão todos os seus aprendizes. Durante o dia, fazemos turnos para meditar com ele.

— Vou cumprimentá-lo? Me apresento? — perguntei, observando o monge alquimista sentado sob um velho carvalho.

— O mestre Alistair fica cinco dias em meditação profunda. Você não pode cortar seu processo interno.

— Entendo. Posso falar quando ele for comer.

— O mestre não ingere alimentos no meio da meditação.

— Ele fica cinco dias sem comer nem beber água? Não é possível.

— Os impossíveis só existem para as pessoas de pouca fé — respondeu o aldeão.

— Estou preocupado com uma coisa. Como o mestre vai saber que estamos esperando por ele se ele não se levanta da sua meditação profunda?

— Nosso mestre já sabe que você está em Lira. A pergunta é: o que você está fazendo em nossas terras? Por que veio?

— Eu disse antes, vim em busca da Página Perdida da Sabedoria. Por isso preciso conversar com ele.

— Você se interessa pelo tempo do mestre e não acredita que é possível que o sábio Alistair possa passar cinco dias sem comer? Não entendo. Qual é objetivo que você persegue ao conseguir o segredo da sabedoria, se a sua própria sabedoria te faz afirmar o que é possível ou não?

— Não foi minha intenção desrespeitá-los nem questionar seus costumes — me apressei em explicar. — Eu nunca meditei, não sei como fazer nem conheço o assunto. Não sabia que era possível se manter sem comer ou beber, mas, na verdade, existem muitas coisas que não sei.

— Você não respondeu minha pergunta. O que faz aqui?

— Vim falar com o mestre.

— Continua sem me responder. O que você faz na aldeia de Lira?

— Minha avó faleceu e me deixou a caixa com a Página Perdida, a que contém uma borboleta, mas a letra é ilegível. É como ter uma folha em branco. Outras cartas falam do mestre, explicam que só ele pode ter a resposta.

— Vou perguntar de novo: o que você faz nessa floresta? Por que veio? O que está fazendo aqui, Nick?

— Não sei! Não tenho ideia do que estou fazendo aqui. Não sei por que eu vim. Não sei o que eu faço nesta floresta, mas quero descobrir. É provável que eu não seja digno, porque sou o contrário de um homem sábio, mas mesmo que eu não receba o segredo da sabedoria, ter chegado até aqui já é uma conquista, e eu espero aprender o máximo que puder de cada um de vocês e aplicar esses aprendizados na minha vida.

— O princípio do *saber* é ter a capacidade humana de admitir o desconhecimento, e você acaba de fazer isso, viajante. Você é digno de estar em Lira e, mesmo que não possamos prever o futuro, o presente diz que você é alguém especial. Eu sou o encarregado de autorizar que veja o mestre e você acaba de passar no teste. Eu sou Caleb, filho do sol, e sou um dos primeiros aprendizes do grande mestre da alquimia espiritual. Nasci nesta floresta e preciso admitir que há muito tempo esperamos a chegada do guardião da caixa perdida. Agora, você precisa descansar. Os próximos dias serão de meditação profunda. O príncipe Ezra, a doutora Dalila e você entrarão em uma viagem com o mestre. Vamos partir amanhã antes do amanhecer. Serão dois dias de provas e o grande mestre vai decidir qual de vocês é digno de saber o segredo da sabedoria.

Deus fechou uma porta

porque seus planos para você eram outros.

Algo melhor te espera.

Você já está conquistando

Você ainda não vê, mas já está tornando realidade aquilo com que sonha todas as noites. Já saiu da sua mente e está se transformando em realidade, como você já fez antes. Então, acredite em si mesmo quando ninguém mais acreditar. Acredite em si mesmo quando não houver ninguém te aplaudindo nem te observando por trás da tela.

Acredite em si mesmo porque esse é o único passo que vai te levar a alcançar o que um dia prometeu conquistar.

Eu acredito em você.

DE: MIM
PARA: MIM

Não tenha medo de recomeçar; muitas vezes, as segundas versões são as melhores.

Nunca é tarde para se reconstruir do zero se for preciso, mas dessa vez com fundações muitos mais sólidas.

A SOLIDÃO
TE FAZ ENTENDER
QUE NÃO É QUALQUER PESSOA
QUE MERECE A SUA COMPANHIA.

DIA 39 DE VIAGEM:

Minutos antes do amanhecer, fomos em uma caminhada pela floresta, com as montanhas emergindo entre o matagal, enquanto os galhos das árvores se entrelaçavam, e uma grande quantidade de pinheiros se erguia como testemunhas silenciosas dos segredos ancestrais. Permitiram que eu tirasse fotos da natureza, mas não das pessoas. Fiz isso. Capturei os detalhes e fui feliz em cada passo, sem nenhuma tensão por causa da Página Perdida da Sabedoria. Só fui me deixando levar pelo que eu estava vivendo.

Atrás de mim ia o príncipe, cansado dos insetos e ansioso para chegar. Ao meu lado seguia a médica, ajudada por Caleb e dois aprendizes que guiavam seus passos, porque há apenas três meses ela havia ficado cega. A Doutora Dalila tinha trinta e sete anos e havia estado em várias guerras servindo de apoio e prestando seus serviços. Ela havia sido amável comigo, embora em seus olhos perdidos se notasse a tristeza que a invadia.

O grande monge Alistair, com seus oitenta e nove anos, era quem liderava a caminhada. Ele se movia com destreza, apesar de manter os olhos fechados durante todo o percurso. Ele, com a barba branca e o semblante sereno, conduziu-nos pela frondosa floresta onde a luz se infiltrava entre as folhas, até que Caleb se aproximou como se o grande mestre o tivesse chamado. Alistair não falava, mas, assim como não usava os olhos e parecia ver perfeitamente, o mesmo acontecia com seus aprendizes. Eles não precisavam ouvir sua voz para seguir suas instruções, e seu primeiro aprendiz era a prova disso.

— Jovens aspirantes, o mestre quer que a partir de agora vocês avancem com os olhos fechados, e usem seus outros sentidos para chegar.

— Está falando sério? — queixou-se o príncipe.

— Só os que estão preparados para a sabedoria poderão alcançá-la, príncipe — respondeu Caleb e, na verdade, o desafio era para ele e para mim, porque Dalila não contava com o sentido da visão, e essa experiência me pareceu emocionante. Guardei a câmera no bolso e fechei os olhos. Não posso mentir e dizer que não estava hesitante, mas enquanto avançávamos, no meu caso de forma lenta e desajeitada, Caleb voltou a se dirigir a nós:

— Sintam a terra sob seus pés — sussurrou ele. — Cada passo é uma conexão com a mãe natureza que nos guia até a essência do nosso ser.

À medida que avançávamos, o primeiro aprendiz descrevia o entorno com palavras que formavam imagens mentais e nos faziam conseguir o equilíbrio e seguir as pistas até o destino, sem tropeçar.

— Escutem os sussurros do vento, no abraço do sol está a ponte até a terra que fecunda onde vamos passar os próximos dias. A alquimia espiritual é ver além do que é visível, é perceber com a alma — nos disse o primeiro aprendiz e eu soube que essas palavras eram do mestre. Aí descobri que o mestre e os aprendizes... eram um só.

Enquanto avançávamos, senti que alguém tropeçou atrás de mim e parei. Sem abrir os olhos, me joguei na terra procurando a pessoa. Como não consegui, fiquei frustrado, mas respirei fundo. Eu me conectei com o silêncio e, então, percebi os movimentos na grama e encontrei a médica, algo me dizia que era ela. Ela nem pediu ajuda. Mas me abraçou e senti sua frustração; fui capaz de sentir seu sofrimento. Eu a ajudei a se levantar e continuamos caminhando juntos para alcançar o resto.

— A claridade nunca dependeu dos olhos, mas, sim, da nossa conexão interna. Confiem em sua intuição e deixem que a alma os guie — proclamou outra voz diferente da de Caleb.

Dalila e eu continuamos nos apoiando durante nosso trajeto e, aos poucos, senti uma conexão maior com o que me rodeava. A médica soltou meu braço depois de um tempo, e fiquei contente de saber que ela havia recuperado a segurança. De repente, nessa floresta, com os olhos fechados e o coração aberto, fui descobrindo a riqueza da experiência sensorial que a natureza oferecia e que eu nunca tinha valorizado. Quando enfim chegamos e nos pediram para abrir os olhos, meu olhar se encontrou com o do grande mestre Alistair, e ele sorriu para mim.

— Lembre-se: a visão verdadeira provém da conexão consigo mesmo e com o mundo que nos cerca, contudo, depende de vocês manterem os olhos da alma abertos — disse o grande mestre Alistair com uma voz rouca e potente. Atrás dele, um bando de pássaros enfeitou o céu. — Na conexão com a terra e entre nós, é nessa união que reside a verdadeira força.

Quando Deus me chamou:

Foi tudo tão rápido, e eu te escutei chorar, mas não podia te abraçar. Por mais que eu tentasse chegar até você, não era possível. Você gritava e abraçava meu corpo, e o que eu mais desejava era poder acalmar a sua dor. Mas era tudo confuso para mim, e te ver tão triste foi o mais frustrante. Uma necessidade de cuidar de você encheu meu peito, e mesmo assim eu precisava partir, embora não quisesse deixá-lo.

Enquanto eu ia me afastando, uma parte de mim continuava ao seu lado. De repente, não conseguia mais te ver, mas sentia a sua dor transformada em raiva. Você estava destruindo tudo e pedindo que eu voltasse, mas eu já não podia regressar. Eu nunca teria escolhido te deixar, mas o meu tempo havia terminado. Não só foi doloroso para você, eu também sofri com a nossa despedida. As minhas lágrimas já não saíam, e o meu corpo tinha outra forma, mas o meu coração continuava pulsando de amor por você e por todas as pessoas que eu deixava para trás, e que não voltaria a ver por muito tempo. Mas, principalmente, por você. Sua dor era minha dor, e minha essência continuava voando, enquanto eu resistia, tentando ficar do seu lado.

Quando cheguei ao lugar mais lindo do mundo, a dor que eu sentia já não estava mais ali, porque a compreensão chegou. Eu soube que era uma despedida temporária, e que você também conseguiria superá-la.

Aos poucos, uma sensação de paz encheu meu espírito, e já não havia preocupações nem cansaço. Mas eu não posso te contar mais. Só posso te dizer que o meu sonho é que você volte a ser feliz, e que tenha certeza de que vou estar sempre cuidando de você. Nós voltaremos a nos encontrar.

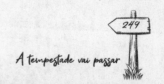

ACORDEI TE PROCURANDO – NICK Z.

— Desde que você morreu, pareço um louco falando com as cinzas, pensando que você está nelas. Fui muito longe tentando te encontrar, e não sei se conseguirei encontrar o caminho de volta para mim, porque a dor da sua ausência sempre retorna — falei para o céu, para a urna com suas cinzas e para todas as direções.

— Se você acender a chama que existe dentro de si, vai sempre conseguir voltar a se reencontrar.

— Isso não é real.

— É tão real quanto você quiser que seja, ou já deixou de reconhecer a minha voz?

— Como é poss...?

— Na vida, você quase nunca vai conseguir o *como* — a voz me interrompeu e acrescentou: — Pense bem, como é que existimos entre tanta grandeza? Acima da sua cabeça existem mais estrelas do que você poderia contar, você está em um planeta onde vivem milhões de seres humanos, e mais além existem mais planetas do que se pode contabilizar. O "como" importa, Nick? Importa mais o porquê, e a resposta não é só uma, são infinitas e dependem de você. Então, aproveite esse momento e vamos ter essa conversa que você tanto deseja.

— Por que você foi embora?

— Porque o meu tempo aqui na Terra terminou.

— Não pensou em mim nem no quanto isso ia doer.

— Não somos nós quem escolhemos quando partir, Nicki. Ou pelo menos, não totalmente. E você só fala de si e do que acontece com você, mas… Você acha que foi fácil para mim ir embora e saber que eu não veria você de novo, ou a sua irmã?

Eu não soube o que responder. Eu estava com raiva, mas ao mesmo tempo uma parte de mim sentia felicidade ao escutar sua voz. Porém, minha frustração, a vontade de dizer tanta coisa e a sensação de que tinha pouco tempo foram ganhando terreno e as lágrimas me inundaram.

— Nick…, eu só fui embora fisicamente, mas estou com você em cada momento. Tenho visto você crescer, superar obstáculos, perder o medo de se conhecer, cuidar da Emma, mas, principalmente, e o mais importante, tenho visto você cuidando de si mesmo, pequeno.

— Eu acho que não vou conseguir! Acho que não consigo fazer o que você fez comigo. Eu nem sei quem sou eu sem você aqui.

— O primeiro passo para se conhecer é estar perdido. Você tinha razão quando dizia que a viagem não curaria tudo, porque não se trata de uma única viagem, mas de centenas delas, e muitas dessas viagens ocorrem no seu dia a dia. Mesmo assim você apostou, Nicki. Você saiu do seu isolamento, saiu do seu conforto e da autolamentação para ir para longe, e aqui estamos, você me tem junto contigo.

— Não tenho você.

— Olhe com o seu coração e vai entender que estou com você como eu estive desde o primeiro dia quando sua mãe teve depressão pós-parto e te deixou comigo. Eu estou com você como estive desde o primeiro dia em que você me chamou de mamãe, e a morte não vai nos tirar essa conexão. A morte não vai impedir que eu me sinta orgulhosa de você em cada aspecto, rapaz. Você vai sempre ser o meu grande amor.

De repente, não estávamos mais em frente à fogueira, o céu já não estava mais estrelado. Estávamos deitados na grama e o dia já tinha nascido. Com o sol brilhante iluminando meu rosto, virei-me para conferir se era real, e a encontrei ali. Ela estava com a camisa de botões azuis, sua preferida, a que eu dei de presente quando ela completou setenta anos. Estava bonita.

— Eu estou sonhando?

— E o que são os sonhos, senão mais um fragmento da realidade ambígua?

— Não quero que você vá embora.

— Todos nós vamos embora.

— Mas você, não.

— Eu já fui, Nick. Você também já foi, mas continua vivendo. Você saiu do vazio para encontrar a parte de si mesmo que tinha fugido, mas já não foge mais da dor, agora a sente por dentro e a ilumina com sua chama, que vai ficar quando as luzes estiverem apagadas, quando o sol não brilhar mais, e quando ninguém mais estiver aqui. Você sempre terá a si mesmo.

— O que eu mais desejo é te abraçar, mas tenho medo de fazer isso e você se dissolver e eu não conseguir ver seus olhos de novo.

— Durante essa viagem, você ficou amigo dos seus medos, mas a decisão é sua. Pode arriscar, mesmo se perder, ou ser cauteloso e não fazer o que quer, ficando só com o que tem agora.

— E se eu não conseguir lidar com tudo o que vem depois de você?

— O que é conseguir, senão uma sucessão de tentativas e fracassos que se transformaram em uma nova tentativa? Haverá dias difíceis, você vai querer desistir, vai dar socos no travesseiro e a pressão vai ser tanta que sua mente vai te dizer que você não está preparado, mas essa é somente uma parte de você, porque as outras vão te dizer para seguir adiante, e no final você vai seguir, porque é o que você sempre faz.

— E se eu me cansar e não for o que você esperava? E se eu não atender às suas expectativas?

— Tudo bem se cansar. Mentirão para você, te dizendo que você tem que triunfar em tudo, mas a vida não é só isso. Você não pode viver se esforçando para fazer algo que não quer apenas para atender às minhas expectativas ou às dos outros. Se algo não te faz bem, e você precisa se retirar e seguir outro rumo, então faça isso! Faça, Nicki. Porque nessa vida, você deve lealdade a si mesmo, e tenha certeza de que, de qualquer maneira, vou estar orgulhosa de você. Vou te amar para sempre e, nesse meu canto do universo, vou acompanhar seus passos até voltarmos a nos encontrar.

Eu me virei para ela e a abracei. Abracei tanto, achando que ela se dissolveria, mas o abraço durou mais do que o esperado. Chorei no seu peito e mantive meu rosto entre as suas mãos. Ela beijou minha bochecha, depois meu nariz e em seguida minha testa, me fazendo sentir no auge da felicidade, antes de sussurrar com toda doçura do mundo:

— Você se arriscou a me abraçar, derrotou seu medo, e é disso que se trata a vida. Fico alegre que tenha sido corajoso, porque é melhor viver e acabar do que se arrepender de não ter vivido nada por medo de que possa acabar. Eu te amo e vou te amar para sempre, e apesar de você continuar sentindo saudades, aos poucos você vai ficar tranquilo e seu coração vai conseguir paz. Seu mundo vai continuar funcionando sem mim. Você pode ver minhas fotos quando sentir saudades, ou falar com as cinzas que trouxe a essa viagem, mas lembre-se que meu corpo já não está mais ali. Meu corpo é pó de estrelas e minha alma está em outro lugar, embora hoje eu tenha decidido ficar aqui com você. Não vou te dizer para não chorar, mas não se repreenda, você foi a pessoa que mais me fez feliz. Agora só se lembre de que eu vou continuar aqui, que você pode me visitar observando as estrelas ou dançando tango com alguém especial, pois eu vou continuar com você, observando como se arrisca. O que quer que aconteça, se você escutar com o seu coração... vai encontrar a minha voz.

Abri os olhos e minha avó não estava lá.

Demorei para me adaptar à realidade, mas vi o mestre sentado à minha frente e me dei conta de que havia sido só um sonho. Ao meu lado estava o príncipe, Ezra; o aprendiz, Caleb, e a doutora, Dalila. Estávamos todos em cima de uma grande pedra, reclusos na floresta. Então me lembrei que haviam nos dado as instruções para a meditação, mas eu havia falhado na minha tentativa. Eu havia dormido e acabei tendo o sonho mais bonito de todos com a minha avó. Mesmo que eu quisesse que fosse real.

Em seguida, Caleb nos indicou que ainda faltava parte do trajeto e devíamos avançar um pouco mais, dessa vez com os olhos abertos.

Para a pessoa que me fez ser quem eu sou hoje:

Durante mais de vinte anos, eu te vi se levantar todos os dias e sair para trabalhar para que não me faltasse nada. Te observei sorrir, mesmo que por dentro sua alma chorasse. Você atravessou milhares de tempestades, mas nunca deixou que eu me molhasse. Enfrentou o temporal para me manter aquecido. Deixou de comer para que eu não dormisse de estômago vazio. Chegava cansada depois de vários turnos em diferentes trabalhos, mas sempre teve tempo de brincar comigo.

Você inventou um mundo para mim onde tudo era cor-de-rosa, e protegeu minha inocência dos monstros do exterior. Conseguiu que, em cada Natal, o Papai Noel chegasse à nossa casa. E mesmo quando havia outras prioridades, a sua sempre foi me fazer feliz. Sei que os problemas existiam, mas eu era uma criança, e foi depois de um tempo que eu soube como você foi corajosa por mim e por nós.

Você ia dormir exausta, mas acordava com alegria para me levar à escola, e não deixava de repetir para mim que eu podia mudar o mundo, que era talentoso, inteligente e especial.

Quando tudo veio abaixo e não havia dinheiro suficiente, você vendeu seus objetos valiosos e pagou a minha matrícula. Disse que isso era o meu futuro, e que o meu futuro valia mais do que qualquer coisa material que você tinha. Você me criou me ensinando que nada é impossível, que o amor é a energia mais poderosa que temos, e que o ódio vai nos corroendo pouco a pouco. Você me ensinou que nenhum trabalho é indigno, e eu te vi prosperar e alcançar estabilidade financeira, mas, principalmente: mental.

P.S.: Se eu sobrevivi à tempestade, foi porque seus ensinamentos estiveram comigo, me lembrando que os momentos difíceis representam uma lição maior no livro da vida. E cada vez que alguém me diz NÃO, eu me lembro de você lutando por mim e me ensinando todos os dias que o SIM que eu preciso só eu mesmo posso me dar.

Obrigado. Obrigado por me ensinar a ser quem eu sou.

De: Mim
Para: Mim

Não sei se vou ter os resultados que espero,
não sei se as oportunidades chegarão,
mas hoje, mais do que nunca, estou seguro de mim mesmo,
das tentativas que farei e de que posso seguir adiante
apesar das feridas, dos fracassos e da dor.

Não sei quando vou alcançar todos os meus sonhos,
mas agora sei que o trajeto é tão importante
quanto a recompensa de chegar ao objetivo.
E não vale a pena me esquecer de viver,
só por ficar obcecado para chegar mais rápido,
sem nem desfrutar do processo.

Querida criança interior,
Hoje mais do que nunca tenho a certeza
de que Deus está conosco
Mesmo que não sintamos,
Ele sempre está cuidando de nós.
Inclusive quando nos afastamos dEle
Ele jamais nos abandonou.

O MONGE DE LIRA – NICK Z.
Dia 39 de viagem

Quando chegamos ao lugar onde ficaríamos, o aprendiz, Caleb, indicou uma escadaria íngreme. Subimos em silêncio até chegar lá em cima e atravessar um arco que dava a impressão de ser uma porta para o céu. Dali vislumbramos uma cachoeira que caía com graça entre as rochas cintilantes, e em volta dela ficamos surpreendidos com um vale frondoso repleto de borboletas de cores diferentes. A água, como um fluxo de energia divina, corria suavemente sobre as pedras, enquanto os raios do sol ofereciam um espetáculo visual impressionante. As pedras, impregnadas de uma luz mágica, pareciam ser os verdadeiros guardiões do segredo da sabedoria. Cada pedacinho do lugar estava enfeitado pela magia natural, como se a conexão espiritual com a terra tivesse tecido aquele lugar sagrado.

— Viajantes do caminho, a alquimia das emoções está na magia de transformar sentimentos negativos, trabalhá-los e usá-los como combustível para te levar a algo melhor. Como sofrer uma perda dolorosa e se deixar guiar pela dor para realizar uma viagem ao mais profundo do seu ser e retornar renovado, sabendo que o que você aprendeu lhe servirá para ajudar os outros — explicou Caleb, antes de nos organizarmos para a primeira meditação.

Não tivemos descanso e nos sentamos para meditar durante todo o primeiro dia e a primeira noite. Não comemos nada e só nos deram uma oportunidade para nos hidratarmos. Não se armaram barracas e nos explicaram que não tínhamos ido para dormir, mas sim para nos conectar ao mestre.

Na primeira meditação, ficamos ali sentados, com os olhos fechados e, no meu caso, eu me deixei levar pelo barulho da água, pelo canto dos pássaros e pela energia do sol. Nem sei quando adormeci, mas tive o sonho mais real e bonito da minha vida. Sonhei que abraçava a minha avó e, mesmo sem ter conseguido o objetivo de meditar, não me importei de falhar quando a recompensa foi encontrá-la nos meus sonhos.

Por volta das três da madrugada, continuávamos meditando, ali, no meio da floresta, no alto da cachoeira, como se o relógio tivesse parado.

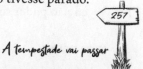

Podíamos sentir o vento, a música produzida pela água caindo, os animais noturnos e as folhas das árvores. Eu me senti parte da orquestra do universo e não precisei de comida. Nenhum de nós precisou. Nada mais fazia falta. Nesse instante, senti que eu tinha tudo. Não havia perdas nem carências, e qualquer dor fluía com a corrente até conseguir a calma. Respirei fundo e me lembrei da minha irmã, nossos momentos juntos e os motivos que eu tinha para voltar. Pela primeira vez, não se tratava do meu passado, mas do presente que eu ainda tinha.

— O mestre deseja saber por que vocês buscam o segredo da sabedoria. Mesmo que ele já saiba a resposta, ele quer escutar de vocês. Príncipe Ezra, você vai ser o primeiro a responder.

O príncipe se levantou e deu dois passos à frente. Só estávamos ele, Caleb, a doutora, o monge Alistair e eu.

— Meu pai, o nobre rei, está definhando com uma doença, e eu, seu legítimo herdeiro, estou prestes a carregar o peso da coroa. É obrigatório que eu adquira a sabedoria oculta, pois minha missão é transcendental e não é comparável a nenhuma outra. Meu reino é uma potência mundial e minha missão é unir as terras divididas, acabando com as barreiras que fragmentam nosso planeta e as fronteiras que separam nossos súditos. Minha ambição não reside na mera vaidade, mas sim no nobre propósito de criar um elo que una as nações, forjando uma nova era de unidade entre os povos. É por isso que desejo ser o guardião de tão precioso segredo.

O príncipe se sentou, solene, e o vento soprou com mais suavidade, enquanto Caleb passava a vez para a doutora Dalila.

— Eu cresci dentro de um mosteiro e fui voluntária desde que me lembro. Mergulhei no estudo da medicina durante mais de uma década e meia, participando ativamente de programas de apoio. Desde minha nomeação como médica, contribuí incansavelmente para o serviço do Estado em cada conflito bélico. Servi em cada zona de ataque, salvei recém-nascidos, e os vi morrer. Salvei militares e civis, trabalhando na rua e entregando tudo de mim. Minha existência se teceu com o propósito de salvar outras vidas, mesmo a minha correndo perigo e, em uma dessas ocasiões, fui vítima de uma explosão que tirou a minha visão. O Estado me indenizou e eu posso viver sem trabalhar pelo resto dos meus dias, mas não é isso o que eu desejo. A impossibilidade de socorrer, de resgatar, de contribuir... me destrói por dentro e eu preciso do segredo da sabedoria para conseguir outras formas de continuar ajudando. Se eu não puder servir a outras pessoas na terra, que propósito terá minha existência? — sua voz entrecortada pareceu se apagar com as últimas palavras, deixando um eco melancólico no ar, ao mesmo tempo em que um chuvisco começou a cair.

Então, entre a escuridão crescente e a atmosfera de tristeza, foi minha vez de falar.

Eu me levantei e respirei fundo, enchendo-me de coragem.

— Eu não sou o escolhido para obter a sabedoria. Estou aqui seguindo as pistas que havia dentro de uma caixa que herdei da minha avó e do seu grande amor. Eles, em uma das suas viagens à montanha, se encontraram com um monge que lhes entregou uma caixa com a página da sabedoria e um mapa de uma grande viagem. A página estava borrada e a recompensa do trajeto era secreto, mas agora entendo que não é certo. Saí de casa arrasado pela morte da minha avó, e porque minha namorada me traía com meu amigo. Viajei buscando me recuperar da dor, e na viagem consegui mais do que esperava: eu me encontrei e isso é mais valioso do que qualquer outra verdade — fui sincero e voltei a me sentar no meio da floresta enigmática.

— Temos o suficiente por hoje — disse o primeiro aprendiz. — Nosso próximo encontro vai ser amanhã, e o mestre vai decidir quem de vocês é o designado para obter o conhecimento oculto, que, como um farol, guiará seu caminho até a iluminação.

Pelo resto da noite desfrutei da minha solidão no meio da grandeza da natureza. Os galhos das árvores se mexiam como se estivessem sincronizados, a lua era a principal espectadora e, olhando o céu, avistei uma estrela cadente. Desejei que eles conseguissem se sentir em paz, inclusive se não fossem escolhidos pelo mestre. Eu já me sentia vitorioso. Estava ali, em uma noite mágica, em um lugar que parecia um paraíso utópico, e era parte da água, da noite, do todo. Nesse instante, só pude agradecer por ter sido escolhido para essa experiência. Minha avó, depois de ir embora, me deu o maior presente do mundo. Um presente que não se podia comprar com dinheiro. Ela me deu uma passagem para a grande aventura: o despertar pessoal.

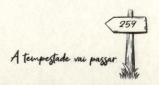

De: mim
Para: a perda

Durante muito tempo, você veio para me atormentar, até o ponto de roubar a minha paz. Hoje, quero dizer que aos poucos eu estou perdendo o medo. Sei que em algum momento você pode voltar, mas agora vejo a perda como algo natural, algo necessário.

Aprendi que não posso me apegar ao que me faz mal por medo do que virá depois. A vida é cheia de mudanças e, às vezes, essas mudanças implicam em perdas, mas eu não posso resistir. Não posso evitar situações difíceis por medo do que possa acontecer.

Agora eu sei que, na medida em que eu perder o medo de perder, mais livre e pleno serei. Sem me apegar a dores eternas por circunstâncias que não posso mudar. Sem ficar onde eu não sou valorizado por medo de deixar ir e perder o que me faz sentir seguro. Agora sei que a vida é um constante ato de desprendimento e transformação. Agora sei que tudo tem um ciclo, que os apegos matam e que os medos nos paralisam, que aprender a se afastar é tão importante quanto aprender a ficar. Que o amor não só se demonstra ao seguir tentando, mas tendo coragem de ir embora. E que o que você acredita que perdeu, talvez nunca tenha sido seu.

O material não vai te acompanhar quando você parar de respirar.

A única coisa certa é que seu coração vai deixar de pulsar.

Então, viva sem esperar o futuro, sem chorar tanto pelo passado e sem tropeçar várias vezes na mesma pedra.

Aprenda a dizer o que sente, não guarde as palavras, porque a única certeza é este instante.

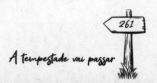

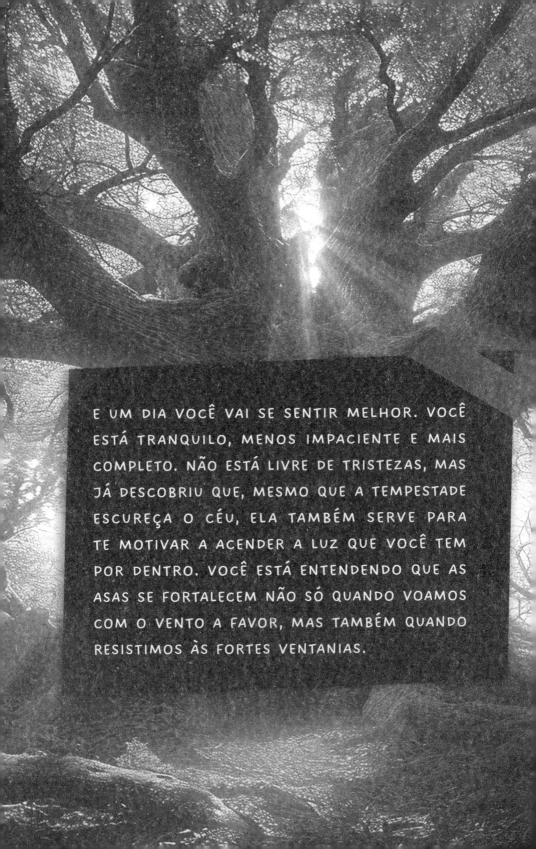

E UM DIA VOCÊ VAI SE SENTIR MELHOR. VOCÊ ESTÁ TRANQUILO, MENOS IMPACIENTE E MAIS COMPLETO. NÃO ESTÁ LIVRE DE TRISTEZAS, MAS JÁ DESCOBRIU QUE, MESMO QUE A TEMPESTADE ESCUREÇA O CÉU, ELA TAMBÉM SERVE PARA TE MOTIVAR A ACENDER A LUZ QUE VOCÊ TEM POR DENTRO. VOCÊ ESTÁ ENTENDENDO QUE AS ASAS SE FORTALECEM NÃO SÓ QUANDO VOAMOS COM O VENTO A FAVOR, MAS TAMBÉM QUANDO RESISTIMOS ÀS FORTES VENTANIAS.

O SEGREDO DA SABEDORIA - NICK Z.
Dia 40 de viagem

Sob a luz do amanhecer, sentamo-nos em frente a uma imponente árvore centenária. O monge Alistair estava nos esperando com os olhos fechados e o rosto sereno em meio a uma das suas meditações.

— Chegou o momento da segunda pergunta. O mestre deseja saber o que os faz merecedores do conhecimento e por que ele deve escolher você em vez dos outros — perguntou Caleb, e o príncipe Ezra se levantou com autoridade e, sem esperar que lhe chamassem, apressou-se em responder:

— Em primeiro lugar, vejamos a médica cuja existência foi consagrada à benevolência, mas, por um azar do destino, ficou cega. Que destino aguarda a revelação da sabedoria quando ela não pode se cuidar sozinha? Mesmo ela tendo dedicado sua vida ao serviço altruísta, faltou-lhe autodiscernimento. Como pode merecer a sabedoria quando nem mesmo consegue decifrar seu próprio destino com a escuridão que a envolve? Em segundo lugar, temos esse jovem — ele falou diretamente para mim. — Sua avó tinha mais de setenta anos?

Concordei e ele me olhou com a solenidade de um nobre.

— Você mergulhou em uma dor profunda, incapaz de compreender algo tão lógico quanto a inevitabilidade da velhice? Como confiar em alguém que não pode lidar com algo tão básico? — perguntou ele, olhando para o mestre. — Uma alma que não pode enfrentar dores insignificantes não merece a recompensa que a sabedoria concede. Não foi capaz de superar a traição juvenil e a morte anunciada, por que seria ele o escolhido? E a senhora, nobre doutora — ele se dirigiu a ela —, foi capaz de oferecer ajuda desmedida, mas não pode se salvar? Falta sabedoria para cuidar do seu interior e, desse modo, não vai poder proteger o mundo. Admiro seu antigo trabalho e pretendo lhe oferecer uma indenização em ouro por ele, mas só se abandonar agora mesmo seu desejo pelo saber e essa disputa.

A médica negou com a cabeça, rechaçando sua oferta.

— Saber perder também é de sábios, doutora. E, além disso, na perda também se ganha. Meu desejo é governar mediante a justiça, e a sabedoria pode me conceder isso. Penso em utilizar o conhecimento para construir o mundo regido pela verdade que estou preparado para conhecer. Como

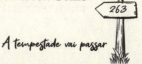

príncipe destinado a reinar, estou prestes a liderar uma nação. Minha preparação é inegável. Possuo a visão e a destreza para melhorar e unir o mundo. A grandeza da minha missão supera de longe as aspirações de vocês. O segredo da sabedoria, sem dúvida, deve ser oferecido a mim.

O príncipe Ezra se acomodou novamente sobre as raízes da árvore com a altivez e a elegância que o caracterizavam, enquanto a médica se levantou para expor sua opinião.

— Príncipe Ezra, seu julgamento faz eco com a verdade. Na minha cegueira, admito minha repentina inutilidade. Se o segredo da sabedoria não for concedido a mim e eu não conseguir descobrir como prosseguir com meu trabalho de ajudar, vou escolher a morte em vez de sobreviver à sombra da ineficácia. Minha vocação, exercida com maestria como cirurgiã, agora está relegada à marginalidade de trabalho. Meu desejo consiste em descobrir como posso continuar sendo útil, persistindo no meu afã de melhorar o mundo até o último dia da minha vida, mas existe uma coisa que eu posso assegurar... Afirmo perante o grande mestre que contribuí para salvar mais vidas como uma simples mortal do que o príncipe pôde salvar com seu poder pomposo. Podem ter certeza de que, ao possuir o segredo da sabedoria, eu o destinaria a um fim nobre. Em troca, como sabemos que o príncipe não se deixará seduzir pelos vícios inerentes ao poder quando acabou de tentar me subornar? — perguntou ela, irritada, e quando tentou se sentar, Caleb lhe ofereceu ajuda, mas a doutora Dalila se negou a aceitar.

O príncipe estava obstinado, a tensão entre ambos era palpável, como se estivessem dispostos a chegar às últimas consequências para ganhar o segredo da sabedoria. Eu me concentrei tanto neles que foi Caleb quem precisou me lembrar que era minha vez de falar. No início, fiquei nervoso, mas limpei a garganta, parei de pensar e me limitei a ser sincero e explicar o que eu vivi, quebrando o momento tenso.

— Fiz essa viagem com a intenção de superar uma perda, e descobri que nada estava perdido. O príncipe diz que minha dor é insignificante, mas a minha dor foi tão grande que me fez renascer. Antes, eu carecia de fé, e agora sei que estar vivo é um milagre. Antes, eu achava que não ia conseguir seguir sem a minha avó; e agora sei que minha avó continua comigo. Por isso, seria egoísta querer o segredo da sabedoria, quando já aprendi o suficiente e posso seguir aprendendo por minha conta. Sendo sincero, se eu tivesse o poder de escolher quem merece esse conhecimento, eu escolheria a médica, porque ela não quer a sabedoria para um fim

pessoal, pelo contrário, seu maior desejo é ajudar. Ela podia ter aceitado a indenização do futuro rei, mas negou, fiel ao seu desejo de seguir trabalhando pelos outros, e isso é admirável. Por outro lado, eu também escolheria o príncipe, porque entendo a pressão que ele tem nas mãos. E, se com essa sabedoria ele puder ajudar bilhões de pessoas e usá-la para construir pontes onde agora há muralhas, então ele merece tê-la. Dentre eles, eu sou o que menos precisa e já me sinto vencedor por ter tido a chance de fazer essa viagem cheia de experiências transformadoras.

Sentei-me de novo, ansioso para saber quem dos outros dois seria o escolhido.

— Fechem os olhos e se levantem quando o mestre chamar seu nome — ordenou Caleb, deixando-nos sozinhos com o monge.

Por uns minutos que pareceram eternos, ficamos em silêncio, até que a voz do mestre encheu o espaço com uma potência que ressoou em cada canto, deixando-me maravilhado pela profundidade e autoridade que emanou de suas palavras.

— Viajante Ezra, príncipe dourado, filho do rei Lessath, cuidador dos mares e aspirante eterno da paz. Você subestimou o sofrimento alheio utilizando palavras para menosprezar assim como fez com a viajante Dalila, sem compreender que somos mais do que os sentidos que nos foram oferecidos. Existem formas diversas de sentir, e a visão vai além dos olhos. Também criticou o jovem viajante pelo tamanho da sua dor, sem saber que nenhum sofrimento tem comparação. Hoje não se trata de quem sofre mais, mas, sim, de quem está pronto para receber o conhecimento. Você não é o escolhido porque aquele que ainda não compreende que não é superior pela sua posição, posses ou poder, encontra-se distante do grande segredo do saber. A sabedoria e o ego não são aliados afins. Hoje, nobre príncipe, você não veio conosco; nessa viagem, seu ego foi o nosso companheiro.

— Não — contestou o príncipe. — Eu juro que o senhor está equivocado, grande mestre.

— Posso vislumbrar boas intenções no seu ser, mas se segue atropelando os outros em busca do seu benefício, não é digno da sabedoria. Herdou a monarquia, seu dever é liderar, mas o poder absoluto sempre corrompe, principalmente quando cai em mãos que não estão preparadas, e você não está, mas eu o convido a ficar conosco. A família de Lira o guiará na arte da alquimia emocional e o preparará para seu propósito. Quando estiver

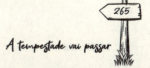

pronto, saberei que não vou lhe confiar o poder de destruir o mundo, mas sim de contribuir para melhorá-lo. Agora, pode se retirar.

Para minha surpresa, o príncipe não protestou ao veredito e se afastou de nós, enquanto o canto dos pássaros se transformou em uma sinfonia delicada que foi flutuando no ar, criando uma atmosfera celestial e de paz. A voz do mestre Alistair se sobressaía no meio dessa orquestra natural, como se pudesse, com suas palavras, surpreender a natureza e dirigir aquilo tudo.

— Viajante Dalila Altaluz, cuidadora dos seres humanos, designada ao propósito de ajudar. Você ofereceu sua existência para salvar vidas, mas esse caminho foi tirado de si. Agora, deve socorrer a si mesma, não aos outros. Deixou de ver com os olhos físicos porque é hora de olhar com os olhos do coração. Hoje, não lhe será concedido o segredo da sabedoria, mas, sim, a possibilidade de ser guiada até a luz. Por isso, quero designá-la como uma das minhas primeiras aprendizes. O que outros precisaram de anos de prática, eu lhe ofereço de imediato com a condição de ficar um tempo na nossa floresta, onde lhe ensinaremos a recuperar a visão interior. Você e o príncipe Ezra vão trabalhar juntos.

— Por que com ele, se não temos nada em comum?

— Justamente por isso. Você não aprendeu a se amar, e o príncipe se ama em excesso. Ele se afoga na própria soberba, e em você a humildade transborda. Vivem em dois extremos que precisam conciliar para estar em equilíbrio, e eu sei que essa jornada vai ser enriquecedora se aceitarem ficar. Por ora, pode se retirar — disparou o mestre e a doutora não levou tempo nenhum para pensar. Aceitou a proposta de imediato.

Uma vez sozinhos, o mestre me convidou a acompanhá-lo e caminhamos juntos até o vale das borboletas. Vê-las foi impressionante, elas iam deixando clarões de luz no ar como pequenas faíscas de magia.

— Você foi o escolhido para escutar o segredo.

— Por que eu, se eles têm razões mais poderosas?

— Porque foi o único que fez as pazes com o seu interior. O único que pensou em qual dos três podia usar o segredo para o bem comum, mas a sabedoria está ao alcance de todos, e a página está em branco porque nada está escrito no nosso destino. A sabedoria é um estado consciente que se precisa desbloquear. Agora que sabe disso, antes de continuar, pode me fazer duas perguntas.

— Vou voltar a encontrar a minha avó?

— Você já encontrou. O que você achou que era só um sonho, foi real. Você entrou em uma meditação profunda e descobriu que ela não foi embora. Você pode falar com ela através de Deus.

— Sobre isso — eu o interrompi, sendo sincero —, eu ainda tenho dúvidas sobre as minhas crenças, e mesmo sabendo que existe algo superior, não tenho um nome para isso. Eu nunca fui religioso.

— Deus não precisa que lhe chamem de Deus para existir, para Ele, basta que O sintam. Ele não precisa de seguidores, mas de pessoas boas — ele esclareceu e nos seus olhos cintilava a faísca da experiência. — Deus vive em você, viajante. Agora, te resta uma última pergunta.

— Por que existe uma borboleta na Página Perdida da Sabedoria?

— Eu esperava que você me perguntasse isso — respondeu ele e o sulco das suas rugas enfeitou seu rosto quando ele me deu um sorriso. — Há muito tempo, em um canto mágico dessa floresta, viviam uma lagarta chamada Eos. Em seu coraçãozinho, ela guardava um sonho que parecia maior que ela mesma: o sonho de poder voar e se transformar em uma borboleta. Uma parte de Eos acreditava que tinha um destino cheio de mudanças extraordinárias, mas a outra parte dela sentia que era somente uma lagarta e mais nada. As duas debatiam diariamente, e a que acreditava em seus sonhos foi a que insistiu em romper o casulo. Quando estava a ponto de fazer isso, a outra parte, com muito medo, agarrou-se à carcaça que conhecia. Foi aí que uma sábia borboleta chamada Experiência sussurrou para ela: *Se você não acreditar nos seus sonhos, nunca estará preparada para as mudanças. A vida começa quando você se arrisca e tem fé.* Com o eco das suas palavras, a lagarta começou a abrir os olhos internos e compreendeu que a transformação precisava dar adeus à segurança de ser uma lagarta e começar sua viagem.

— E ela conseguiu? — perguntei.

— Ao chegar em cima de uma folha alta, ela se pôs a contemplar o lugar onde cresceu, e pensou que não era capaz, mas de novo a borboleta Experiência se colocou ao seu lado e falou: *Se você não acreditar no poder das suas asas, nunca vai deixar de ser lagarta e nunca vai poder voar.* Com uma última mirada, a lagarta deixou para trás seus medos, rompeu o casulo e se lançou ao ar.

— Ela conseguiu voar?

— Ela voou — o mestre respondeu, sorrindo para mim. — Com cada bater de asas, a lagarta transformada em borboleta fez arte no céu com cores nunca vistas, e a lenda da borboleta se transformou em parte do

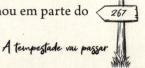

segredo da sabedoria: *Se você não abandonar a comodidade e não romper os limites do conhecido, nunca vai poder experimentar a verdadeira beleza de viver. Só aqueles dispostos a desafiar seu entorno e seus problemas vão conseguir sentir a magia da transformação, mas isso requer paciência. Assim como a lagarta, que a cada dia que passava ia se preparando, construindo seu casulo e confiando que dentro dessa crisálida se revelaria sua verdadeira essência, o mesmo acontece com a vida. Querer conseguir os sucessos de imediato é o que faz com que os viajantes se desmotivem e parem de tentar. É preciso confiar no processo. Os sonhos, quando trabalhados com paciência, perseverança e amor, materializam-se mais cedo ou mais tarde, mas o segredo é não comparar suas conquistas com as dos outros* — sussurrou o mestre com um tom de voz que ressoava como notas musicais, e uma borboleta com asas em tons iridescentes voou à nossa frente. Estendi a mão e ela pousou ali.

— O maior conhecimento se encontra na capacidade de observar a vida com os olhos despertos.

A borboleta abriu as asas com a graça da transformação, e em um voo elegante, subiu até as alturas. O grande mestre fechou os olhos e eu fiz o mesmo, deixando que o vento acariciasse meu rosto, e agradecendo por ser merecedor desse instante.

— O segredo da sabedoria é como uma borboleta, revela sua beleza a quem tem a paciência de admirá-la e a sensibilidade de deixá-la ir; mas só repousa naqueles dispostos a apreciar sua efêmera presença. E você, viajante, enfrentou o medo na noite escura e por isso é quem está merecendo o amanhecer.

Permaneci calado, aprendendo com o mestre e apreciando suas palavras.

— A partir de agora, não tenha medo de voar em novos céus. Eu não sou seu último destino. Você está apenas descobrindo suas asas e, mesmo que pareça o final, te garanto que a jornada está apenas começando. A folha da sabedoria vai seguir em branco, mas você já aprendeu o grande segredo e já sabe que nem tudo que parece vazio assim está. Quando seus olhos te faltarem, use a visão do coração e eu garanto que vai conseguir achar o caminho. Você foi escolhido, e não por mim. A sabedoria não pode ser concedida, mas conquistada, e você, entre todos, foi quem a encontrou.

A Página Perdida da Sabedoria:

É MÁGICO COMO DEUS,
QUANDO MENOS SE ESPERA
VAI TE CONCEDENDO
DE FORMA GRADUAL
TUDO O QUE VOCÊ PEDIU
DO FUNDO DO CORAÇÃO.

DE VOLTA PARA CASA – NICK Z.
Depois da viagem

Enquanto dirijo de volta para casa, ponho uma música em volume alto e Rayo late animado, lembrando-me de que a melhor decisão da minha vida foi voltar para buscá-lo. Abro o vidro para sentir o vento no rosto, enquanto canto bem alto, sentindo-me vivo. Sentindo que tudo aconteceu por uma razão e que foi perfeito. Observo pelo retrovisor e posso ver minha avó sentada no banco de trás, dançando ao ritmo da música e sorrindo orgulhosa por eu ter conseguido. Posso sentir minha avó me olhando como antes, dançando comigo como toda vez antes de irmos às compras, quando colocávamos um rock e ela balançava o cabelo, cantando a plenos pulmões. Canto mais forte porque canto à esperança, aos começos, ao que virá, aos próximos encontros e, principalmente, canto à minha vida e canto a mim.

Dirijo com a confiança de alguém que está disposto a aprender de todos os mestres que a existência apresente. Acaricio Rayo sabendo que ele será meu companheiro de viagem e que vamos viver centenas de aventuras. Viajamos durante vários dias, e a solidão já não é mais insuportável. Valorizo o silêncio, porque nele posso falar comigo mesmo. Valorizo o efêmero, porque nele descubro a beleza do transitório. Já não me apego ao que *teria sido* e desfruto do que é. Admiro a pessoa na qual me transformei e não tenho vergonha de dizer: estou orgulhoso de mim.

Enquanto dirijo, repito para mim mesmo que é o começo. Que essa viagem chegou à minha vida para me ensinar que estar em movimento também é uma forma de curar. A tempestade me transformou nessa nova versão, que, apesar de estar quebrada, funciona muito melhor do que quando estava na versão original.

...

Rayo e eu chegamos em casa às 16h06 de uma sexta-feira. Quero correr para abraçar minha irmã e abro a porta cheio de adrenalina para reencontrar quem eu amo. Quando entro, as luzes estão apagadas, e minha surpresa é que, ao acendê-las, minhas fotografias estão pregadas por todas as paredes da casa.

A tempestade vai passar

Os pores do sol que eu presenteava a minha avó decoram as paredes, inundando cada espaço da sala. Há também várias setas com bilhetes e leio o primeiro: *Eu não fui a melhor mãe, mas você foi o melhor filho. Deu a melhor vida à minha mãe e, ainda que eu não tenha sabido cuidar de você, estou orgulhosa do homem em quem você se transformou.*

Avanço até o próximo bilhete e ele está acompanhado de uma fotografia da minha irmã em uma apresentação de balé.

A forma com como você trabalha dia e noite para que sua irmã possa perseguir seus sonhos fala de você, Nick.

Continuo avançando até a foto seguinte, mas essa não foi tirada por mim, mas, sim, pela minha mãe. Nessa, estamos minha avó e eu assistindo a filmes no sofá, e eu estou deitado em seu colo. Eu tinha sete anos.

Vocês dois foram os melhores cúmplices, e mesmo muitas vezes tendo sentido ciúmes da relação que vocês tinham, cada vez que eu os via só podia sorrir ao ver que se faziam tão felizes mutuamente.

As lembranças vão chegando à minha mente. Somos eu e minha avó fazendo loucuras, conquistando o mundo, somos nós, mesmo que ela não esteja viva.

Vou ao bilhete número quatro. A mensagem está escrita com a letra da minha irmã e tem um pequeno desenho de um boneco feito de palitos com uma capa de super-herói, com o meu nome escrito acima. Ele está segurando a mão de outra bonequinha feita de palitos, mas menor, onde está escrito Emma seguido de um bilhete curto: *Você é o meu super-herói.* Essas cinco palavras são suficientes para que as emoções que estão à flor da pele se revirem dentro de mim. Rayo lambe meu rosto — porque não o tirei do colo — e late como se estivesse tão emocionado quanto eu. Porque hoje nenhuma das minhas lágrimas é de tristeza.

Minha mãe sai da cozinha e eu nem penso. Vou direto abraçá-la, porque ninguém é perfeito. Porque eu também preciso e porque ainda é tempo.

— Me perdoe — ouço minha mãe dizer, e ela rompe em lágrimas, e eu a abraço com toda a vontade acumulada de tantos anos.

— Eu te amo — saem da minha boca as palavras que eu tinha guardadas lá no fundo. Três palavras que eu quis dizer muitas vezes desde que eu era criança. Porque é verdade. Eu a amo. Sempre amei.

E não sei por quanto tempo nos abraçamos, mas foi o suficiente para saber que o rancor que eu tinha dentro de mim não existe mais.

— Cadê a Emma? Está dormindo?

— Sua irmã está no parque. Desde que você viajou, nossa vizinha Sara tem levado sua irmã para passear e às aulas de balé. Você sabia que a melhor amiga da Emma é a irmã mais nova da Sara? Eu queria te apresentar. É uma boa menina. — Minha mãe fala dela sem saber que não só a conheço como ela não saiu da minha cabeça durante as últimas semanas.

Dou um sorriso automático, mas não tenho tempo de falar nada. Rayo começa a latir como se dissesse: *Estou aqui... não vai falar comigo?* Minha mãe se derrete de amor e faz carinho nele até que eu o leve para procurar a minha irmã. Sei que ela vai amá-lo tanto quanto eu.

Achá-las não é difícil, porque conheço o lugar preferido de Emma dentro do parque, e ela está ali brincando com a amiga, enquanto Sara as observa.

Não tenho tempo de contar com o fator surpresa, porque Rayo fica impaciente e corre até a caixa de areia que fica perto do escorrega. Emma enlouquece quando o vê. Ela sempre quis um cachorro.

— Ele se chama Rayo — digo ao me aproximar.

Ela fica paralisada como se estivesse na frente de um holograma. Nenhum de nós dois fala nada, até que ela corre para mim e eu a abraço com força.

— Eu senti saudade de você a cada segundo, mas consegui o tesouro! — explico, e aponto para o cachorrinho, enquanto ela me abraça e dá beijos na minha bochecha.

— Nick me deu um cachorrinho de presente — diz Emma com emoção. — É parte da nossa família! Meu irmão conseguiu o tesouro e trouxe para casa para dividir comigo. Ele se chama Rayo! — gritou ela, rolando na caixa de areia com o nosso cachorrinho, que lambeu toda a cara dela.

— Fez uma boa viagem? — pergunta Sara, parando ao meu lado.

— Foi uma viagem difícil, mas emocionante — admito.

— *O sucesso de todas as coisas está em sua dificuldade* — responde ela, citando Alexandre Dumas.

— Eu enfim entendi, Sara: *A única maneira de lidar com esse mundo sem liberdade é se tornar tão absolutamente livre que sua mera existência seja um ato de rebelião* — cito Albert Camus e ela sorri.

— Estou feliz de te ver de novo, chato.

— Eu também, fantasminha. Mas quanto tempo falta?

— Quanto tempo falta para quê?

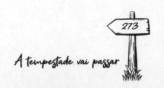

— Para você desaparecer como costuma fazer — sussurro com o sorriso de idiota estampado e, ao olhar para ela, entendo Benedetti quando ele escreveu: *A metade da sua beleza é a sua estranha forma de pensar.*

— Você é muito esquisito.

— Muito obrigado.

— Fico feliz que reconheça meus elogios, Nick. — Ela pisca um dos olhos para mim e vejo que estou nervoso, como se fosse um menino no seu primeiro encontro, com a diferença de que só estou tendo uma conversa trivial com uma garota. Segundos depois, estamos deitados na grama observando as nuvens, com nossas irmãs e Rayo deitados junto conosco, em silêncio. E justo nessa hora compreendo o significado real de deixar ir para encontrar.

Duas horas depois, estamos de volta em casa.

As meninas já entraram e nós continuamos no portão.

— Como você está se sentindo agora, Nick?

— Nesse instante?

— Exatamente agora.

— Exatamente agora, com você na minha frente, eu me sinto como se tivesse conseguido um trevo de quatro folhas.

— E o que isso significa para você? — ela me pergunta.

— Significa que você está na minha lista de sonhos para alcançar.

Ela não responde com palavras, mas nenhum de nós dois se mexe. Ela deveria entrar e eu deveria dar meia-volta e ir para casa, mas seus olhos abraçam os meus e vão dançando no meio da impossibilidade. Por uns segundos, posso sentir que nossas almas se dizem muita coisa, apesar de estarmos em silêncio. E toda a pressa desaparece, porque só queremos ficar um pouco mais, e é isso o que fazemos, até que a buzina desesperada de um carro nos arranca de nossa própria realidade.

Chegaram para procurá-la e ela passa por mim para ir se encontrar com o garoto de cabelo vermelho, o que tem toda a sorte do mundo por ter a oportunidade de estar com ela.

Eu serei paciente. Porque nunca se chega tarde a um amor que nasceu para ser seu. Ele tem sua oportunidade hoje, enquanto eu vou seguir crescendo e me transformando em uma versão melhor de mim mesmo.

DE MIM. PARA MIM

O AMOR QUE ESTÁ DESTINADO A VOCÊ

NÃO PRECISA DE PRESSA

NÃO IMPORTAM
AS CIRCUNSTÂNCIAS,

MAIS CEDO OU MAIS TARDE

ELE VAI SE MANIFESTAR EM SUA VIDA.

Amor na Hora Errada

E ela estava ali, no meio dos pensamentos dele.
Com medo de abandonar algo que não tinha começado,
e com pavor de ficar onde não encontrava certezas.

Ela, com medo de se apaixonar;
Ele, com pânico de voltar a se entregar.
Ela achava que o havia encontrado tarde.
Ele não se atreveu a demonstrar o contrário.

Ela amava o que não podia lhe dizer, como ele
era a última coisa que ela pensava antes de ir dormir.
Ele preferia sentir falta do que nunca teve
a se esquecer dos medos e se deixar levar.

Nunca se disseram: Senti saudades de você o dia inteiro,
mas, sim, sentiam muitas saudades.
Ela achava que era o seu destino, mas que,
como tudo em sua vida, havia chegado na hora errada.

Ele tinha certeza de que,
à medida que se afastassem,
uma pequena parte deles
continuava a se aproximar.

Os caminhos se abrem

Tomei muitos caminhos, e ainda procuro um que me leve a encontrar o meu. Não desisto. Agradeço cada queda, pois meus joelhos ficaram mais fortes e meus passos mais firmes. Não sei para onde o próximo caminho vai me levar, mas é só o início de um novo começo.

Chegou o momento de alçar voo. Já não me conformo e agora paro para pensar antes de agir. Sou paciente. Não me desespero. Não tomo decisões apressadas. Não me comparo, porque eu não sou como ninguém, meu tempo é diferente e não tenho que mostrar nada.

A partir de agora, sei que virá o melhor momento da minha vida. Pressinto. Atraio. Decreto. Os caminhos continuam se abrindo. O que sonhei começa a se transformar em realidade. Eu mereço o sucesso. Mereço essa transformação e essas mudanças. O que eu quero acontece. A partir de agora, meu começo será guiado pela determinação que tenho para que funcione.

A MAGIA DE DEIXAR IR EMBORA

Já se passou algum tempo desde que você se foi e hoje eu te libero com esperança, porque entendo que a vida continua, e que é necessário deixar você ir.

Entendo que eu tive sorte por ter tido você na minha vida, e que não importa o tempo, o que importa é tudo o que vivemos enquanto durou.

Você e eu vamos além das leis da física.

Você e eu continuamos juntos, mesmo que não possamos nos ver.

Por ora, eu vou te ver nos meus sonhos e vou te abraçar forte por toda a saudade que sinto de você.

Nossa história não desaparece, mas, hoje, eu voltei a sorrir, valorizando o tempo em que vivemos juntos. Hoje, eu me concentro em te soltar, porque você nunca foi minha. Você é do universo e eu tive a sorte de poder compartilhar um breve período com você.

Não importa quanto tempo passe, nossa história será sempre capaz de me fazer sorrir.

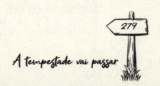

CARTA À MINHA CRIANÇA INTERIOR

Hoje quero te dizer uma coisa que eu devia ter dito há muito tempo: perdão. Perdão por todas as vezes em que não cuidei de você. Por todas as vezes em que não te coloquei como minha prioridade, e por cada vez que eu te fiz acreditar que não era suficiente.

Eu me desculpo pelos momentos em que pedi que você se calasse quando queria expressar suas emoções. Ou quando eu te pedi que fosse forte, quando precisava ser vulnerável. Me perdoe por não abraçar sua dor e deixar que ela o engolisse. Perdão por cada vez que permiti que o medo me levasse por caminhos que não eram os melhores para você.

Perdão pelas ocasiões em que permiti que nos menosprezassem, aquelas em que eu não defendi seus sonhos e aspirações. Me perdoe porque eu nem sempre estive ali para te apoiar, e durante muito tempo não confiei em nós. Eu te ignorei enquanto você corria atrás das expectativas dos outros e das responsabilidades do mundo adulto. Eu não te protegi quando deveria tê-lo feito.

A partir de hoje, eu prometo te escutar, cuidar melhor de você e te lembrar que você é suficiente tal como é.

P.S.: Eu prometo que vou ser seu defensor, seu guia, mas, principalmente, seu amigo. Nunca mais vou descuidar de você nem fazer com que você se sinta inseguro. Tampouco colocarei seus sonhos em segundo plano. Vamos trabalhar juntos para nos transformarmos em uma versão melhor.

DE: MIM
PARA: MIM

A valentia consiste em
escrever sua própria história.
A sabedoria em ter
autocrítica suficiente
para ler o que foi escrito
e decidir melhorar.

O FINAL DE UM DESTINO – NICK Z.
Presente

Eu me encontro na ponte dos cadeados, a que me parecia ridícula, porque todos vinham jurar amor e logo terminavam. Hoje me dou conta de que o amor pode funcionar, sim, que ele não é ridículo, que amar e pensar que vai ser eterno é algo possível, porque a eternidade não se trata de tempo, mas de significado.

A última vez em que eu pisei nesse lugar foi com a minha avó, e ela colocou um cadeado de amor com ela mesma. Nesse dia, ela me falou da lealdade a nós mesmos, de fazer diferente e de não seguir o rebanho. Eu a olhei com ternura, mas sem compreendê-la. Finalmente estou entendendo as suas palavras, e quero compartilhá-las com você que me acompanhou durante esse tempo. O final de um destino é o começo de outro, e é quando você se dá conta de que se transformou. Só então começa a entender que o amor não serve para fugir das suas carências nem para preencher vazios, e você enfim compreende que sua companhia não é solidão. Que pode falar com seu interior e pode te prometer amor sem que seja algo estranho ou bobo.

Hoje eu coloco um cadeado e prometo me amar, ser fiel a quem eu sou, a não mudar por causa dos outros, mas conhecer meus defeitos para melhorá-los. Eu me faço a promessa de não ficar em companhias vazias por medo de ficar sozinho. Eu cheguei longe, mas isso é só o início. Você acompanhou meu momento e vamos seguir juntos, tenho certeza de que essa não é uma despedida. Nós vamos voltar a nos encontrar na próxima viagem da vida.

LEMBRE-SE: As tempestades podem derrubar árvores, mas nunca seu espírito indomável.

HOJE EU ME FIZ UMA PROMESSA DE AMOR

Hoje, depois de tanta coisa, eu enfim entendo. Não posso amar os outros sem primeiro me amar.

Querido viajante,

Quero que você saiba que nós vamos voltar a nos encontrar. Eu vou estar com você nos pores do sol, nas recordações, na tempestade, no fim dela. Não vai ser nosso último encontro. Eu vou estar com você quando você tiver medo, porque você se lembrará da viagem que fizemos juntos. Você vai se lembrar que é igual ao processo de uma semente, que, ao germinar, enfrenta o medo de deixar para trás sua forma original para dar lugar à planta que vai se tornar. Nesse momento, o medo da mudança vai se transformar na sua tempestade. Você vai se lembrar dessa lagarta que hoje é uma bela borboleta. Vai se lembrar do leão que seguiu adiante porque superou seus medos.

Quando você precisar, com toda a sua alma, do segredo da sabedoria, então vai se lembrar dessa folha em branco e do poder que existe em seu coração. Vai se lembrar da luz que tem dentro, que às vezes se apaga, mas que só você tem o dom de acender.

Quando os problemas te invadirem e você não vir o amanhecer, vai se lembrar da tempestade e que conseguiu sair dela. Vai se lembrar de que o bem e o mal sempre existiram, e que se trata de triunfar frente às tentações e decidir o que acredita que é o correto.

Quando você se sentir impaciente, vai se lembrar da história do bambu gigante e vai prevalecer sua confiança diante da frustração, porque alguns crescimentos são silenciosos, e isso não significa que não estejam passando. Sua grandeza vai além do que se vê a olho nu, e o seu crescimento existe, mesmo que não possa ver.

P.S.: É a sua vez de preencher a folha em branco e escrever o que sempre quis dizer para si mesmo. Cabe a você fazer ao final deste livro uma carta para você. Lembrando-se de que cada final é um novo começo e que um dia vamos voltar a nos encontrar.

DE: MIM
PARA: MIM

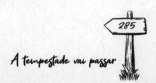

Agradecimentos

À minha mãe, que cuida de mim do céu e que nunca me soltou, que sempre esteve ao meu lado, inclusive nos momentos mais difíceis. Aos meus filhos, Alana e Liam, que se transformaram na minha maior motivação e na luz da minha vida. A eles, quero que nunca se esqueçam que, mesmo que estejam perdidos, sempre poderão encontrar o caminho para se reencontrar. Por mais difícil que pareça, por mais tentativas frustradas, não importa quanto tempo demore, o importante é desfrutar do caminho e agradecer as pequenas coisas. Às vezes não acontece de imediato, em outras não acontece como imaginamos, mas… o destino tem algo melhor guardado para nós. Quando lerem isso, não desistam. Existem surpresas escondidas depois do fracasso para aqueles que não deixam o caminho pela metade. Eu os amo infinitamente, obrigada por mudar a minha vida.

Também dedico a vocês, meus leitores, que me acompanham há tanto tempo e que continuam comigo. Obrigada por fazerem parte da minha vida e por me deixarem acompanhar a de vocês através das minhas palavras.

Nacarid Portal.

À minha tia Eliza, que cuida de mim do céu, você me ensinou o verdadeiro valor dos momentos. Desfrutar com você os seus últimos dias me ensinou a verdadeira felicidade, o amor, a inocência e a importância de aproveitar os períodos efêmeros que a vida nos oferece.

A você, que buscava um refúgio e o encontrou em alguma das linhas deste livro. Espero que faça sentido esse abraço que você precisava enquanto acompanhou a leitura.

A todas as almas que encontramos no caminho misterioso da vida e que, por uma ou outra razão, não estão conosco. Obrigado por compartilharem esse instante e por me acompanharem para fora da tempestade.

Chriss Braund.

LEIA TAMBÉM

ASSINE NOSSA NEWSLETTER E RECEBA
INFORMAÇÕES DE TODOS OS LANÇAMENTOS

www.faroeditorial.com.br

CAMPANHA

Há um grande número de pessoas vivendo com HIV e hepatites virais que não se trata. Gratuito e sigiloso, fazer o teste de HIV e hepatite é mais rápido do que ler um livro.
FAÇA O TESTE. NÃO FIQUE NA DÚVIDA!

ESTA OBRA FOI IMPRESSA
EM ABRIL DE 2025
PELA GRÁFICA HROSA